沈从文　著
汪钰元　绘

我自故乡来

沈从文精品散文集

時代文藝出版社

图书在版编目（CIP）数据

沈从文精品散文集：我自故乡来 / 沈从文著. —长春：时代文艺出版社，2019.2

ISBN 978-7-5387-5987-7

Ⅰ. ①沈… Ⅱ. ①沈… Ⅲ. ①散文集－中国－现代 Ⅳ. ①I266

中国版本图书馆CIP数据核字（2018）第219652号

出品人 陈　琛
产品总监 郭力家
出版监制 刘　峰
产品经理 陈守卫
责任编辑 方　伟
助理编辑 胡　军
装帧设计 朱镜霖
排版制作 新兴工作室

沈从文精品散文集：我自故乡来

沈从文 著

出版发行 / 时代文艺出版社
地址 / 长春市泰来街1825号 时代文艺出版社 邮编 / 130011
总编办 / 0431-86012927 发行部 / 0431-86012957 北京开发部 / 010-63108163
官方微博 / weibo.com / tlapress 天猫旗舰店 / sdwycbsgf.tmall.com
印刷 / 北京中科印刷有限公司
开本 / 787mm × 1092mm 1 / 32 字数 / 151千字 印张 / 8.25
版次 / 2019年2月第1版 印次 / 2019年2月第1次印刷 定价 / 45.00元

出版说明

朝赶车流，都是匆匆人群；夜灯辉煌，还是忙碌身影。怀揣或大或小梦想的我们，在都市为生活而甘愿辛苦；然而回首时光，也是半生出走半生漂泊。周遭繁华，心却仿佛无所归处。返身故乡旧土，虽然乡音依旧，却大都已变得陌生，往昔不能再追回。不禁若有所失，自问何处才是心居归所。人生多有相似，也同问所往所归，于是汇编成此系列图书，共同“忆昔寻心”，通过与文学大师同质而不同样的“故乡”追忆，看半生归来，虽依然漂泊，但心有所寄、行有所念，能道“此心安处是吾乡”。

“吾乡”系列图书包括：湘西世界构筑者沈从文《我自故乡来》，著名水彩画家汪钰元先生配图；游子作家余光中《远望可以当归》，知名江南画家季全保先生配图；文艺大师丰子恺《若爱世界都可爱》，丰先生“人间情”漫画配图；人民艺术家老舍《人老舍不得》，著名风俗画家卞家华先生配图。让我们和文学大师共返往昔生活，和知名画家共追旧日流光。

本系列图书所选篇目立足“经典”。诸位文学大师没有一成不变的故乡，也没有偏居一隅，他们对故乡的回忆和叙写，也是在反复确认心中故乡的流逝和故乡人情世事的变迁。余光中先生的“浪子游”与“逍遥游”，沈从文先生对湘西凤凰淳朴风情和边民野性简单生活的描绘，丰子恺先生对“石门湾”的旧日追忆和生活历数，老舍先生对山东的“齐鲁写作”和北平的“京味写作”都是思系故乡故人。书中所选名家画作立足“追忆”，意在拓展读者对旧生活的记忆厚度，看过风采殊胜的多样绘笔，在故乡情愫之上更多几分体验顿悟。

在选篇过程中，编者尽力综合各位名家多种作品集，精选名篇成书，品读人生韵味。所选作品时间跨度长，所载版本多，流传至今稍有不同；诸大家不同阶段行文用词也多有变化，或另有修订。为读者阅读方便，故选文时，编者依据较为流行全本，并尽可能参阅其他版本加以合校。“物有甘苦，尝之者识”，编者虽竭力尽心，然由于水平所限，对于书中可能存在的错漏之处，烦请读者不吝指正。

编者

2018年12月

目录

第一辑 流水几何时

第二辑 苍生何茫茫

第三辑 湘西明在眼

第一辑

流水几何时

我的家庭

咸同之季，中国近代史极可注意之一页，曾左胡彭所领带的湘军部队中，筸军有个相当的位置。统率筸军转战各处的是一群青年将校，原多卖马草为生，最著名的为田兴恕。当时同伴数人，年在二十左右，同时得到满清提督衔的共有四位，其中有一沈洪富，便是我的祖父。这青年军官二十二岁左右时，便曾作过一度云南昭通镇守使。同治二年，二十六岁又作过贵州总督，到后因创伤回到家中，终于便在家中死掉了。这青年军官死去时，所留下的一份光荣与一份产业，使他后嗣在本地方占了个较优越的地位。祖父本无子息，祖母为住乡下的叔祖父沈洪芳娶了个苗族姑娘，生了两个儿子，把老二过房作儿子。照当地习惯，和苗人所生儿女无社会地位，不能参预文武科举，因此这个苗女人被远远嫁去，乡下虽埋了个坟，却是假的。我照血统说，有一部分应属于苗族。我四五岁时，还曾回到黄罗寨乡下去那个坟前磕过头，到一九二二年离开湘西时，在沅陵才从父亲口中明白这件事情。

就由于存在本地军人口中那一份光荣，引起了后人对军人家世的骄傲，我的父亲生下两岁以后过房进到城里时，祖母所期望的事，是家中再来一个将军。家中所期望的并不曾失望，自体魄与气度两方面说来，我爸爸生来就不缺少一个将军的风仪。硕大，结实，豪放，爽直，一个将军所必需的种种本色，爸爸无不兼备。爸爸十岁左右时，家中就为他请了个武术教师同老塾师，学习作将军所不可少的技术与学识。但爸爸还不曾成名以前，我的祖母却死去了。那时正是庚子联军入京的第三年。当庚子年大沽失守，镇守大沽的罗提督自尽殉职时，我的爸爸便正在那里作他身边一员裨将。那次战争据说毁去了我家中产业的一大半。由于爸爸的爱好，家中一点较值钱的宝货常放在他身边，这一来，便完全失掉了。战事既已不可收拾，北京失陷后，爸爸回到了家乡。第三年祖母死去。祖母死时我刚活到这世界上四个月。那时我头上已经有两个姐姐，一个哥哥。没有庚子的战争，我爸爸不会回来，我也不会存在。关于祖母的死，我仿佛还依稀记得我被谁抱着在一个白色人堆里转动，随后还被搁到一个桌子上去。我家中自从祖母死后十余年内不曾死去一人，若不是我在两岁以后做梦，这点影子便应当是那时唯一的记忆。

我的兄弟姊妹共九个，我排行第四，除去幼年殇去的姊妹，现在生存的还有五个，计兄弟姊妹各一，我应当在第三。

我的母亲姓黄，年纪极小时就随同我一个舅父在军营中生活，所见事情很多，所读的书也似乎较爸爸读的稍多。外祖黄河清是本地最早的贡生，守文庙作书院山长，也可说是当地唯一读书人。所以我母亲极小就认字读书，懂医方，会照相。舅父是个有新头脑的人物，本县第一个照相馆是那舅父办的，第一个邮政局也是舅父办的。我等兄弟姊妹的初步教育，便全是这个瘦小、机警、富于胆气与常识的母亲担负的。我的教育得于母亲的不少，她告我认字，告我认识药名，告我思考和决断——做男子极不可少的思考以后的决断。我的气度得于父亲影响的较少，得于妈妈的似较多。

我读一本小书同时又读一本大书

我能正确记忆到我小时的一切，大约在两岁左右。我从小到四岁左右，始终健全肥壮如一只小豚。四岁时母亲一面告给我认方字，外祖母一面便给我糖吃，到认完六百生字时，腹中生了蛔虫，弄得黄瘦异常，只得每天用草药蒸鸡肝当饭。那时节我就已跟随了两个姐姐，到一个女先生处上学。那人既是我的亲戚，我年龄又那么小，过那边去念书，坐在书桌边读书的时节较少，坐在她膝上玩的时间或者较多。

到六岁时，我的弟弟方两岁，两人同时出了疹子。时正六月，日夜皆在吓人高热中受苦。又不能躺下睡觉，一躺下就咳嗽发喘。又不要人抱，抱时全身难受。我还记得我同我那弟弟两人当时皆用竹簟卷好，同春卷一样，竖立在屋中阴凉处。家中人当时业已为我们预备了两具小小棺木搁在廊下。十分幸运，两人到后居然全好了。我的弟弟病后家中特别为他请了一个壮实高大的苗妇人照料，照料得法，他便壮大异常。我因此一病，却完全改了样子，从此不再与肥胖为缘，成了个小猴儿精了。

六岁时我已单独上了私塾。如一般风气，凡是私塾中给予小孩子的虐待，我照样也得到了一份。但初上学时我因为在家中业已认字不少，记忆力从小又似乎特别好，比较其余小孩，可谓十分幸福。第二年后换了一个私塾，在这私塾中我跟从了几个较大的学生，学会了顽劣孩子抵抗顽固塾师的方法，逃避那些书本去同一切自然相亲近。这一年的生活形成了我一生性格与感情的基础。我间或逃学，且一再说谎，掩饰我逃学应受的处罚。我的爸爸因这件事十分愤怒，有一次竟说若再逃学说谎，便当砍去我一个手指。我仍然不为这话所恐吓，机会一来时总不把逃学的机会轻轻放过。当我学会了用自己眼睛看世界一切，到不同社会中去生活时，学校对于我便已毫无兴味可言了。

我爸爸平时本极爱我，我曾经有一时还作过我那一家的中心人物。稍稍害点病时，一家人便光着眼睛不睡眠，在床边服侍我，当我要谁抱时谁就伸出手来。家中那时经济情形还很好，我在物质方面所享受到的，比起一般亲戚小孩似乎都好得多。我的爸爸既一面只做将军的好梦，一面对于我却怀了更大的希望。他仿佛早就看出我不是个军人，不希望我作将军，却告诉我祖父的许多勇敢光荣的故事，以及他庚子年间所得的一份经验。他因为欢喜京戏，只想我学戏，作谭鑫培。他以为我不拘做什么事，总之应比作个将军高些。第一个赞美我明慧的就是我的爸爸。可是当他发现了我成天从塾中逃出到太阳底下同一群小流氓游荡，任何方法都不能拘束这颗小小的心，且不能禁止我狡猾的说谎时，我的行为实在伤了这个军人的心。同时那小我四岁的弟弟，因为看护他的苗妇人照料十分得法，身体养育得强壮异常，年龄虽小，便显得气派宏大，凝静结实，且极自重自爱，故家中人对我感到失望时，对他便异常关切起来。这小孩子到后来也并不辜负家中人的期望，二十二岁时便作了步兵上校。至于我那个爸爸，却在蒙古，东北，西藏，各处军队中混过，民国二十年时还只是一个上校，在本地土著军队里作军医（后改为中医院长），把将军希望留在弟弟身上，在家乡从一种极轻微的疾病中便瞑目了。

我有了外面的自由，对于家中的爱护反觉处处受了牵制，因此家中人疏忽了我的生活时，反而似乎使我方便了好些。领导我逃出学塾，尽我到日光下去认识这大千世界微妙的光，希奇[1]的色，以及万汇百物的动静，这人是我一个张姓表哥。他开始带我到他家中橘柚园中去玩，到城外山上去玩，到各种野孩子堆里去玩，到水边去玩。他教我说谎，用

1 同“稀奇”，后同。——编者注

江中数篷船

江岸十万家

一种谎话对付家中，又用另一种谎话对付学塾，引诱我跟他各处跑去。即或不逃学，学塾为了担心学童下河洗澡，每到中午散学时，照例必在每人手心中用朱笔写个大字，我们尚依然能够一手高举，把身体泡到河水中玩个半天。这方法也亏那表哥想出的。我感情流动而不凝固，一派清波给予我的影响实在不小。我幼小时较美丽的生活，大部分都同水不能分离。我的学校可以说是在水边的。我认识美，学会思索，水对我有较大的关系。我最初与水接近，便是那荒唐表哥领带的。

现在说来，我在作孩子的时代，原来也不是个全不知自重的小孩子。我并不愚蠢。当时在一班表兄弟中和弟兄中，似乎只有我那个哥哥比我聪明，我却比其他一切孩子懂事。但自从那表哥教会我逃学后，我便成为毫不自重的人了。在各样教训各样方法管束下，我不欢喜读书的性情，从塾师方面，从家庭方面，从亲戚方面，莫不对于我感觉得无多希望。我的长处到那时只是种种的说谎。我非从学塾逃到外面空气下不可，逃学过后又得逃避处罚。我最先所学，同时拿来致用的，也就是根据各种经验来制作各种谎话。我的心总得为一种新鲜声音，新鲜颜色，新鲜气味而跳。我得认识本人生活以外的生活。我的智慧应当从直接生活上吸收消化，却不须从一本好书一句好话上学来。似乎就只这样一个原因，我在学塾中，逃学纪录点数，在当时便比任何一人都高。

离开私塾转入新式小学时，我学的总是学校以外的。到我出外自食其力时，我又不曾在职务上学好过什么，二十年后我“不安于当前事务，却倾心于现世光色，对于一切成例与观念皆十分怀疑，却常常为人生远景而凝眸”，这分性格的形成，便应当溯源于小时在私塾中逃学习惯。

自从逃学成习惯后，我除了想方设法逃学，什么也不再关心。

有时天气坏一点，不便出城上山里去玩，逃了学没有什么去处，我就一个人走到城外庙里去。本地大建筑在城外计三十来处，除了庙宇就是会馆和祠堂。空地广阔，因此均为小手工业工人所利用。那些庙里总常常有人在殿前廊下绞绳子，织竹簟，做香，我就看他们做事。有人下棋，我看下棋。有人打拳，我看打拳。甚至于相骂，我也看着，看他们如何骂来骂去，如何结果。因为自己既逃学，走到的地方必不能有熟人，所到的必是较远的庙里。到了那里，既无一个熟人，因此什么事都只好用耳朵听，眼睛去看，直到看无可看听无可听时，我便应当设计打量我怎么回家去的方法了。

来去学校我得拿一个书篮。内中有十多本破书，由《包句杂志》《幼学琼林》到《论语》《诗经》《尚书》通常得背诵。分量相当沉重。逃学时还把书篮挂到手肘上，这就未免太蠢了一点。凡这么办的可以说是不聪明的孩子。许多这种小孩子，因为逃学到各处去，人家一见就认得出，上年纪一点的人见到时就会说：“逃学的，赶快跑回家挨打去，不要在这里玩。”若无书篮可不会受这种教训。因此我们就想出了一个方法，把书篮寄存到一个土地庙里去。那地方无一个人看管，但谁也用不着担心他的书篮。小孩子对于土地神全不缺少必需的敬畏，都信托这木偶，把书篮好好地藏到神座龛子里去，常常同时有五个或八个，到时却各人把各人的拿走，谁也不会乱动旁人的东西。我把书篮放到那地方去，次数是不能记忆了的，照我想来，次数最多的必定是我。

逃学失败被家中学校任何一方面发觉时，两方面总得各挨一顿打。在学校得自己把板凳搬到孔夫子牌位前，伏在上面受笞。处罚过后还要对孔夫子牌位作一揖，表示忏悔。有时又常常罚跪至一根香时间。我一面被处罚跪在房中的一隅，一面便记着各种事情，想象恰好生了一对翅膀，凭经验飞到各样动人事物上去。按照天气寒暖，想到河中的鳜鱼被钓起离水以后拨刺的情形，想到天上飞满风筝的情形，想到空山中歌呼的黄鹂，想到树木上累累的果实。由于最容易神往到种种屋外东西上去，反而常把处罚的痛苦忘掉，处罚的时间忘掉，直到被唤起以后为止，我就从不曾在被处罚中感觉过小小冤屈。那不是冤屈。我应感谢那种处罚，使我无法同自然接近时，给我一个练习想象的机会。

家中对这件事自然照例不大明白情形，以为只是教师方面太宽的过失，因此又为我换一个教师。我当然不能在这些变动上有什么异议。这事对我说来，我倒又得感谢我的家中。因为先前那个学校比较近些，虽常常绕道上学，终不是个办法，且因绕道过远，把时间耽误太久时，无可托词。现在的学校可真很远很远了，不必包绕偏街，我便应当经过许多有趣味的地方了。从我家中到那个新的学塾里去时，路上我可看到针铺门前永远必有一个老人戴了极大的眼镜，低下头来在那里磨针。又可看到一个伞铺，大门敞开，做伞时十几个学徒一起工作，尽人欣赏。又有皮靴店，大胖子皮匠，天热时总腆出一个大而黑的肚皮（上面有一撮毛！）用夹板上鞋。又有剃头铺，任何时节总有人手托一个小小木盘，呆呆地在那里尽剃头师傅刮脸。又可看到一家染坊，有强壮多力的苗人，踹在凹形石碾上面，站得高高的，手扶着墙上横木，偏左偏右地摇荡。又有三家苗人打豆腐的作坊，小腰白齿头包花帕的苗妇人，时时刻刻口上都轻声唱歌，一面引逗缚在身背后包单里的小苗人，一面用放光的红铜勺舀取豆浆。我还必需经过一个豆粉作坊，远远地就可听到骡子推磨隆隆的声音，屋顶棚架上晾满白粉条。我还得经过一些屠户肉案桌，可看到那些新鲜猪肉砍碎时尚在跳动不止。我还得经过一家扎冥器出租花轿的铺子，有白面无常鬼，蓝面阎罗王，鱼龙，轿子，金童玉女。每天且可以从他那里看出有多少人接亲，有多少冥器，那些定做的作品又成就了多少，换了些什么式样。并且还常常停顿下来，看他们贴金敷粉，涂色，一站许久。

我就欢喜看那些东西，一面看一面明白了许多事情。

每天上学时，我照例手肘上挂了那个竹书篮，里面放十多本破书。在家中虽不敢不穿鞋，可是一出了大门，即刻就把鞋脱下拿到手上，赤脚向学校走去。不管如何，时间照例是有多余的，因此我总得绕一节路玩玩。若从西城走去，在那边就可看到牢狱，大清早若干犯人带了脚镣从牢中出来，派过衙门去挖土。若从杀人处走过，昨天杀的人还没有收尸，一定已被野狗把尸首咋碎或拖到小溪中去了，就走过去看看那个糜碎了的尸体，或拾起一块小小石头，在那个污秽的头颅上敲打一下，或用一木棍去戳戳，看看会动不动。若还有野狗在那里争夺，就预先拾了许多石头放在书篮里，随手一一向野狗抛掷，不再过去，只远远地看看，就走开了。

既然到了溪边，有时候溪中涨了小小的水，就把裤管高卷，书篮顶在头上，一只手扶着，一只手照料裤子，在沿了城根流去的溪水中走去，直到水深齐膝处为止。学校在北门，我出的是西门，又进南门，再绕从城里大街一直走去。在南门河滩方面我还可以看一阵杀牛，机会好时恰好正看到那老实可怜畜牲放倒的情形。因为每天可以看一点点，杀牛的手续同牛内脏的位置，不久也就被我完全弄清楚了。再过去一点就是边街，有织簟子的铺子，每天任何时节皆有几个老人坐在门前小凳子上，用厚背的钢刀破篾，有两个小孩子蹲在地上织簟子。（我对于这一行手艺所明白的种种，现在说来似乎比写字还在行。）又有铁匠铺，制铁炉同风箱皆占据屋中，大门永远敞开着，时间即或再早一些，也可以看到一个小孩子两只手拉着风箱横柄，把整个身子的分量前倾后倒，风箱于是就连续发出一种吼声，火炉上便放出一股臭烟同红光。待到把赤红的热铁拉出搁放到铁砧上时，这个小东西，赶忙舞动细柄铁锤，把铁锤从身背后扬起，在身面前落下，火花四溅地一下一下打着。有时打的是一把刀，有时打的是一件农具。有时看到的又是这个小学徒跨在一条大板凳上，用一把凿子在未淬水的刀上起去铁皮，有时又是把一条薄薄的钢片嵌进熟铁里去。日子一多，关于任何一件铁器的制造秩序，我也不会弄错了。边街又有小饭铺，门前有个大竹筒，插满了用竹子削成的筷子。有干鱼同酸菜，用钵头装满放在门前柜台上。引诱主顾上门，意思好像是说，“吃我，随便吃我，好吃！”每次我总仔细看看，真所谓“过屠门而大嚼”，也过了瘾。

我最欢喜天上落雨，一落了小雨，若脚下穿的是布鞋，即或天气正当十冬腊月，我也可以用恐怕湿却鞋袜为辞，有理由即刻脱下鞋袜赤脚在街上走路。但最使人开心事，还是落过大雨以后，街上许多地方已被水所浸没，许多地方阴沟中涌出水来，在这些地方照例常常有人不能过身，我却赤着两脚故意向深水中走去。若河中涨了大水，照例上游会漂流得有木头，家具，南瓜同其他东西，就赶快到横跨大河上的桥上去看热闹。桥上必已经有人用长绳系定了自己的腰身，在桥头上呆着，注目水中，有所等待。看到有一段大木或一件值得下水的东西浮来时，就踊身一跃，骑到那树上，或傍近物边，把绳子缚定，自己便快快地向下游岸边泅去。另外几个在岸边的人把水中人援助上岸后，就把绳子拉着，或缠绕到大石上大树上去，于是第二次又有第二人来在桥头上等候。我欢喜看人在洄水里扳罾，巴掌大的活鲫鱼在网中蹦跳。一涨了水，照例也就可以看这种有趣味的事情。照家中规矩，一落雨就得穿上钉鞋，我可真不愿意穿那种笨重钉鞋。虽然在半夜时有人从街巷里过身，钉鞋声音实在好听，大白天对于钉鞋，我依然毫无兴味。

若在四月落了点小雨，山地里田塍上各处都是蟋蟀声音，真使人心花怒放。在这些时节，我便觉得学校真没有意思，简直坐不住，总得想方设法逃学上山去捉蟋蟀。有时没有什么东西安置这小东西，就走到那里去，把第一只捉到手后又捉第二只，两只手各有一只后，就听第三只。本地蟋蟀原分春秋二季，春季的多在田间泥里草里，秋季的多在人家附近石罅里瓦砾中，如今既然这东西只在泥层里，故即或两只手心各有一匹小东西后，我总还可以想方设法把第三只从泥土中赶出，看看若比较手中的大些，即开释了手中所有，捕捉新的，如此轮流换去，一整天方捉回两只小虫。城头上有白色炊烟，街巷里有摇铃铛卖煤油的声音，约当下午三点左右时，赶忙走到一个刻花板的老木匠那里去，很兴奋地同那木匠说：

“师傅师傅，今天可捉了大王来了！”

那木匠便故意装成无动于衷的神气，仍然坐在高凳上玩他的车盘，正眼也不看我地说：“不成，要打打得赌点输赢！”

我说：“输了替你磨刀成不成？”

“嗨，够了，我不要你磨刀，你哪会磨刀！上次磨凿子还磨坏了我的家伙！”

这不是冤枉我，我上次的确磨坏了他一把凿子。不好意思再说磨刀了，我说：

“师傅，那这样办法，你借给我一个瓦盆子，让我自己来试试这两只谁能干些好不好？”我说这话时真怪和气，为的是他以逸待劳，若不允许我还是无办法。

那木匠想了想，好像莫可奈何才让步的样子。“借盆子得把战败的一只给我，算作租钱。”

我满口答应：“那成，那成。”

于是他方离开车盘，很慷慨地借给我一个泥罐子，顷刻之间我就只剩下一只蟋蟀了。这木匠看看我捉来的虫还不坏，必向我提议："我们来比比，你赢了我借你这泥罐一天；你输了，你把这蟋蟀输给我，办法公平不公平？"我正需要那么一个办法，连说"公平，公平"，于是这木匠进去了一会儿，拿出一只蟋蟀来同我的斗，不消说，三五回合我的自然又败了。他的蟋蟀照例却常常是我前一天输给他的。那木匠看看我有点颓丧，明白我认识那匹小东西，担心我生气时一摔，一面赶忙收拾盆罐，一面带着鼓励我神气笑笑地说：

"老弟，老弟，明天再来，明天再来！你应当捉好的来，走远一点。明天来，明天来！"

我什么话也不说，微笑着，出了木匠的大门，空手回家了。

这样一整天在为雨水泡软的田塍上乱跑，回家时常常全身是泥，家中当然一望而知，于是不必多说，沿老例跪一根香，罚关在空房子里，不许哭，不许吃饭。等一会儿我自然可以从姐姐方面得到充饥的东西。悄悄地把东西吃下以后，我也疲倦了，因此空房中即或再冷一点，老鼠来去很多，一会儿就睡着，再也不知道如何上床的事了。

即或在家中那么受折磨，到学校去时又免不了补挨一顿板子。我还是在想逃学时就逃学，决不为经验所恐吓。

有时逃学又只是到山上去偷人家园地里的李子枇杷，主人拿着长长的竹竿大骂着追来时，就飞奔而逃，逃到远处一面吃那个赃物，一面还唱山歌气那主人，总而言之，人虽小小的，两只脚跑得很快，什么茨棚里钻去也不在乎，要捉我可捉不到，就认为这种事很有趣味。

可是只要我不逃学，在学校里我是不至于像其他那些人受处罚的。我从不用心念书，但我从不在应当背诵时节无法对付。许多书总是临时来读十遍八遍，背诵时节却居然琅琅上口，一字不遗。也似乎就由于这份小小聪明，学校把我同一般同学一样待遇，更使我轻视学校。家中不了解我为什么不想上进，不好好地利用自己聪明用功，我不了解家中为什么只要我读书，不让我玩。我自己总以为读书太容易了点，把认得的字记记那不算什么希奇。最希奇处应当是另外那些人，在他那分习惯下所做的一切事情。为什么骡子推磨时得把眼睛遮上？为什么刀得烧红时在水里一淬方能坚硬？为什么雕佛像的会把木头雕成人形，所贴的金那么薄又用什么方法做成？为什么小铜匠会在一块铜板上钻那么一个圆眼，刻花时刻得整整齐齐？这些古怪事情太多了。

我生活中充满了疑问题，都得我自己去找寻解答。我要知道的太多，所知道的又太少，有时便有点发愁。就为的是白日里太野，各处去看，各处去听，还各处去嗅闻，死蛇的气味，腐草的气味，屠户身上的气味，烧碗处土窑被雨以后放出的气味，要我说来虽当时无法用言语去形容，要我辨别却十分容易。蝙蝠的声音，一只黄牛当屠户把刀剸进它喉中时叹息的声音，藏在田塍土穴中大黄喉蛇的鸣声，黑暗中鱼在水面拨刺的微声，全因到耳边时分量不同，我也记得那么清清楚楚。因此回到家里时，夜间我便做出无数希奇古怪的梦。这些梦直到将近二十年后的如今，还常常使我在半夜时无法安眠，既把我带回到那个“过去”的空虚里去，也把我带往空幻的宇宙里去。

在我面前的世界已够宽广了，但我似乎就还得一个更宽广的世界。我得用这方面得到的知识证明那方面的疑问。我得从比较中知道谁好谁坏。我得看许多业已由于好询问别人，以及好自己幻想所感觉到的世界上的新鲜事情新鲜东西。结果能逃学时我逃学，不能逃学我就只好做梦。

照地方风气说来，一个小孩子野一点的，照例也必须强悍一点，才能各处跑去。因为一出城外，随时都会有一样东西突然扑到你身边来，或是一只凶恶的狗，或是一个顽劣的人。无法抵抗这点袭击，就不容易各处自由放荡。一个野一点的孩子，即或身边不必时时刻刻带一把小刀，也总得带一削尖的竹块，好好地插到裤带上，遇机会到时，就取出来当作武器。尤其是到一个离家较远的地方去看木傀儡戏，不准备厮杀一场简直不成。你能干点，单身往各处去，有人挑战时，还只是一人近你身边来恶斗。若包围到你身边的顽童人数极多，你还可挑选同你精力相差不大的一人，你不妨指定其中一个说：

“要打吗？你来，我同你来。”

到时也只那一个人拢来。被他打倒，你活该，只好伏在地上尽他压着痛打一顿。你打倒了他，他活该，把他揍够后你可以自由走去，谁也不会追你，只不过说句“下次再来”罢了。

可是你根本上若就十分怯弱，即或结伴同行，到什么地方去时，也会有人特意挑出你来殴斗。应战你得吃亏，不答应你得被仇人与同伴两方面奚落，顶不经济。

感谢我那爸爸给了我一分勇气，人虽小，到什么地方去我总不害怕。到被人围上必须打架时，我能挑出那些同我不差多少的人来，我的敏捷同机智，总常常占点上风。有时气运不佳，不小心被人摔倒，我还会有方法翻身过来压到别人身上去。在这件事上我只吃过一次亏，不是一个小孩，却是一只恶狗，把我攻倒后，咬伤了我一只手。我走到任何地方去都不怕谁，同时因换了好些私塾，各处皆有些同学，大家既都逃过学，便有无数朋友，因此也不会同人打架了。可是自从被那只恶狗攻倒过一次以后，到如今我却依然十分怕狗。（有种两脚狗我更害怕，对付不了。）

至于我那地方的大人，用单刀、扁担在大街上决斗本不算回事。事情发生时，那些有小孩子在街上玩的母亲，只不过说：“小杂种，站远一点，不要太近！”嘱咐小孩子稍稍站开点儿罢了。本地军人互相砍杀虽不出奇，行刺暗算却不作兴。这类善于殴斗的人物，有军营中人，有哥老会中老幺，有好打不平的闲汉，在当地另成一帮，豁达大度，谦卑接物，为友报仇，爱义好施，且多非常孝顺。但这类人物为时代所陶冶，到民五[1]以后也就渐渐消灭了。

虽有些青年军官还保存那点风格，风格中最重要的一点洒脱处，却为了军纪一类影响，大不如前辈了。

我有三个堂叔叔两个姑姑都住在城南乡下，离城四十里左右。那地方名黄罗寨，出强悍的人同猛鸷的兽。我爸爸三岁时在那里差一点险被老虎咬去。我四岁左右，到那里第一天，就看见四个乡下人抬了一只死虎进城，给我留下极深刻的印象。

我还有一个表哥，住在城北十里地名长宁哨的乡下，从那里再过去十里便是苗乡。表哥是一个紫色脸膛的人，一个守碉堡的战兵。我四岁时被他带到乡下去过了三天，二十年后还记得那个小小城堡黄昏来时鼓角的声音。

---

1 即民国五年（1916）。——编者注

这战兵在苗乡有点威信，很能喊叫一些苗人。每次来城时，必为我带一只小斗鸡或一点别的东西。一来为我说苗人故事，临走时我总不让他走。我欢喜他，觉得他比乡下叔父能干有趣。

我上许多课仍然不放下那一本大书

我改进了新式小学后，学校不背诵经书，不随便打人，同时也不必成天坐在桌边。每天不只可以在小院子中玩，互相扭打，先生见及，也不加以约束，七天照例又还有一天放假，因此我不必再逃学了。可是在那学校照例也就什么都不曾学到。每天上课时照例上上，下课时就遵照大的学生指挥，找寻大小相等的人，到操坪中去打架。一出门就是城墙，我们便想法爬上城去，看城外对河的景致。上学散学时，便如同往常一样，常常绕了多远的路，去城外边街上看看那些木工手艺人新雕的佛像贴了多少金。看看那些铸钢犁的人一共出了多少新货。或者什么人家孵了小鸡，也常常不管远近必跑去看看。一到星期日，我在家中写了十六个大字后，就一溜出门，一直到晚方回家中。

半年后家中母亲相信了一个亲戚的建议，以为应从城内第二初级小学换到城外第一小学，这件事实行后更使我方便快乐。新学校临近高山，校屋前后各处是大树，同学又多，当然十分有趣。到这学校我仍然什么也不学得，生字也没认识多少，可是我倒学会了爬树。几个人一下课，就在校后山边各自拣选一株合抱大梧桐树，看谁先爬到顶。我从这方面便认识约三十种树木的名称。因为爬树有时跌下或扭伤了脚，刺破了手，就跟同学去采药，又认识了十来种草药。我开始学会了钓鱼，总是上半天学钓半天鱼。我学会了采笋子，采蕨菜。后山上到春天各处是野兰花，各处是可以充饥解渴的刺莓，在竹篁里且有无数雀鸟，我便跟他们认识了许多雀鸟，且认识许多野果树。去后山约一里左右，又有一个制瓷器的大窑，我们便常常过那里去看工人制造一切瓷器，看一块白泥在各样手续下如何就变成为一个饭碗，或一件别种用具的生产过程。

学校环境使我们在校外所学的实在比校内课堂上多十倍。但在学校也学会了一件事，便是各人用刀在座位板下镌雕自己的名字。又因为学校有做手工的白泥，我们就用白泥摹塑教员的肖像，且各为取一怪名："绵羊"，"耗子"，"老土地菩萨"，还有更古怪的称呼。总之随心所欲。在这些事情上我的成绩照例比学校功课好一点，但自然不能得到任何奖励。学校已禁止体罚，可是记过罚站还在执行。

照情形看来，我已不必逃学，但学校既不严格，四个教员恰恰又有我两个表哥在内，想要到什么地方去时，我便请

望家回

眺山归

假。看戏请假，钓鱼请假，甚至几个人到三里外田坪中去看人割禾，捉蚱蜢也向老师请假。至于教师本人，一下课就玩麻雀牌，久成习惯，当时麻雀牌是新事物，所以教师会玩并不以为是坏事情。

那时我家中每年还可收取租谷三百石左右，三个叔父二个姑母占两份，我家占一份。到秋收时，我便同叔父或其他年长亲戚，往二十里外的乡下去，督促佃夫和一些临时雇来的工人割禾。等到田中成熟禾穗已空，新谷装满白木浅缘方桶时，便把新谷倾倒到大晒谷簟上来，与佃夫平分。其一半应归佃夫所有的，由他们去处置，我们把我家应得那一半，雇人押运回家。在那里最有趣处是可以辨别各种禾苗，认识各种害虫，学习捕捉蚱蜢分别蚱蜢。同时学用鸡笼去罩捕水田中的肥大鲤鱼鲫鱼，把鱼捉来即用黄泥包好塞到热灰里去煨熟分吃。又向佃户家讨小小斗鸡，且认识种类，准备带回家来抱到街上去寻找别人同等大小公雏作战。又从农家小孩处学习抽稻草心织小篓小篮，剥桐木皮做卷筒哨子，用小竹子做唢呐。有时捉得一个刺猬，有时打死一条大蛇，又有时还可跟叔父让佃户带到山中去，把雉媒抛出去，吹唿哨招引野雉，鸟枪里装上一把黑色土药和散碎铁砂，猎取这华丽骄傲的禽鸟。

为了打猎，秋末冬初我们还常常去佃户家。看他们下围，跟着他们乱跑。我最欢喜的是猎取野猪同黄麂。有一次还被他们捆缚在一株大树高枝上，看他们把受惊的黄麂从树下追赶过去。我又看过猎狐，眼看着一对狡猾野兽在一株大树根下转，到后这东西便变成了我叔父的马褂。

学校既然不必按时上课，其余的时间我们还得想出几件事情来消磨，到下午三点才能散学。几个人爬上城去，坐在大铜炮上看城外风光，一面拾些石头奋力向河中掷去，这是一个办法。另外就是到操场一角砂地上去拿顶翻筋斗，每个人轮流来做这件事，不溜刷的便仿照技术班办法，在那人腰身上缚一条带子，两个人各拉一端，翻筋斗时用力一抬，日子一多，便无人不会翻筋斗了。

因为学校有几个乡下来的同学，身体壮大异常，便有人想出好主意，提议要这些乡下孩子装马，让较小的同学跨到马背上去，同另一匹马上另一员勇将来作战，在上面扭成一团，直到跌下地后为止。这些作马匹的同学，总照例非常忠厚可靠，在任何情形下皆不卸责。作战总有受伤的，不拘谁人头面有时流血了，就抓一把黄土，将伤口敷上，全不在乎似的。我常常设计把这些人马调度得十分如法，他们服从我的编排，比一匹真马还驯服规矩。

放学时天气若还早一些，几个人不是上城去坐坐，就常常沿了城墙走去。有时节出城去看看，有谁的柴船无人照料，看明白了这只船的的确确无人时，几人就匆忙跳上了船，很快地向河中心划去。等一会儿那船主人来时，若在岸上和和气气地说：

“兄弟，兄弟，你们快把船划回来，我得回家！”

遇到这种和平讲道理人时，我们也总得十分和气把船划回来，各自跳上了岸，让人家上船回家。若那人性格暴躁点，一见自己小船为一群胡闹小将把它送到河中打着圈儿转，心中十分岔怒，大声地喊骂，说出许多恐吓无理的野话，那我们便一面回骂着，一面快快地把船向下游流去，尽他叫骂也不管他。到下游时几个人上了岸，就让这船搁在河滩上不再理会了。有时刚上船坐定，即刻便被船主人赶来，那就得担当一分儿惊险了。船主照例知道我们受不了什么簸荡，抢上船头，把身体故意向左右连续倾侧不已，因此小船就在水面胡乱颠簸，一个无经验的孩子担心会掉到水中去，必惊骇得大哭不已。但有了经验的人呢，你估计一下，先看看是不是逃得上岸，若已无可逃避，那就好好地坐在船中，尽那乡下人的磨练，拼一身衣服给水湿透，你不慌不忙，只稳稳地坐在船中，不必作声告饶，也不必恶声相骂，过一会儿那乡下人看看你胆量不小，知道用这方法吓不了你，他就会让你明白他的行为不过是一种不带恶意的玩笑，这玩笑到时应当结束了，必把手叉上腰边，向你微笑，抱歉似的微笑。

“少爷，够了，请你上岸！”

于是几个人便上岸了。有时不凑巧，我们也会被人用小桨竹篙一路追赶着打我们，还一路骂我们。只要逃走远一点点，用什么话骂来，我们照例也就用什么话骂回去，追来时我们又很快地跑去。

那河里有鳜鱼，有鲫鱼，有小鲇鱼，钓鱼的人多向上游一点走去。隔河是一片苗人的菜园，不涨水，从跳石上过河，到菜园里去看花、买菜心吃的次数也很多。河滩上各处晒满了白布同青菜，每天还有许多妇人背了竹笼来洗衣，用木棒杵在流水中捶打，訇訇地从北城墙脚下应出回声。

天热时，到下午四点以后，满河中都是赤光光的身体。有些军人好事爱玩，还把小孩子，战马，看家的狗，同一群鸭雏，全部都带到河中来。有些人父子数人同来，大家皆在激流清水中游泳。不会游泳的便把裤子泡湿，扎紧了裤管，向水中急急地一兜，捕捉了满满的一裤空气，再用带子捆好，便成了极合用的“水马”。有了这东西，即或全不会漂浮的人，也能很勇敢地向水深处泅去。到这种人多的地方，照例不会出事故被水淹死的，一出了什么事，大家皆很勇敢地救人。

我们洗澡可常常到上游一点去。那里人既很少，水又极深，对我们才算合适。这件事自然得瞒着家中人。家中照例总为我担忧，唯恐一不小心就会为水淹死。每天下午既无法禁止我出去玩，又知道下午我不会到米厂上去同人赌骰子，那位对于管拘我侦察我十分负责的大哥，照例一到饭后我出门不久，他也总得到城外河边一趟。人多时不能从人丛中发现我，就沿河去找寻我的衣服，在每一堆衣服上来一分注意。一见到了我的衣服，一句话不说，就拿起来走去，远远地坐到大路上，等候我要穿衣时来同他会面。衣裤既然在他手上，我不能不见他了，到后只好走上岸来，从他手上把衣服取到手，两人沉沉默默地回家。回去不必说什么，只准备一顿打。可是经过两次教训后，我即或仍然在河中洗澡，也就不至于再被家中人发现了。我可以搬些石头把衣服压着，只要一看到他从城门洞边大路走来时，必有人告给我，我就快快地泅到河中去，向天仰卧，把全身泡在水中，只露出一张脸一个鼻孔来，尽岸上那一个搜索也不会得到什么结果。有些人常常同我在一处，哥哥认得他们，看到了他们时，就唤他们：

“熊澧南，印鉴远，你见我兄弟老二吗？”

那些同学便故意大声答道：

“我们不知道，你不看看衣服吗？”

“你们不正是成天在一堆胡闹吗？”

“是呀，可是现在谁知道他在哪一片天底下？”

“他不在河里吗？”

“你不看看衣服吗？不数数我们的人数吗？”

这好人便各处望望，果然不见到我的衣裤，相信我那朋友的答复不是谎话，于是站在河边欣赏了一阵河中景致，又弯下腰拾起两个放光的贝壳，用他那双常若含泪发愁的艺术家眼睛赏鉴了一下，或坐下来取出速写簿，随意画两张河景的素描，口上嘘嘘打着唿哨，又向原来那条路上走去了。等他走去以后，我们便来模仿我这个可怜的哥哥，互相反复着前后那种答问。“熊澧南，印鉴远，看见我兄弟吗？”“不知道，不知道，你自己不看看这里一共有多少衣服吗？”“你们成天在一堆！”“是呀！成天在一堆，可是谁知道他现在到哪儿去了呢？”于是互相浇起水来，直到另一个逃走方能完事。

有时这好人明知道我在河中，当时虽无法擒捉，回头却常常隐藏在城门边，坐在卖荞粑的苗妇人小茅棚里，很有耐心地等待着，等到我十分高兴地从大路上同几个朋友走近身时，他便风快地同一只公猫一样，从那小棚中跃出，一把攫住了我衣领。于是同行的朋友就大嚷大笑，伴送我到家门口，才自行散去。不过这种事也只有三两次，我从经验上既知道这一着棋时，进城时便常常故意慢一阵，有时且绕了极远的东门回去。

我人既长大了些，权利自然也多些了，在生活方面我的权利便是，即或家中明知我下河洗了澡，只要不是当面被捉，家中可不能用爬搔皮肤方法决定我应否受罚了。同时我的游泳自然也进步多了，我记得，我能在河中来去泅过三次，至于那个名叫熊澧南的，却大约能泅过五次。

下河的事若在平常日子，多半是三点晚饭以后才去。如遇星期日，则常常几人先一天就邀好，过河上游一点棺材潭的地方去，泡一个整天，泅一阵水又摸一会儿鱼，把鱼从水中石底捉得，就用枯枝在河滩上烧来当点心。有时那一天正当附近十里长宁哨苗乡场集，就空了两只手跑到那地方去，玩一个半天。到了场上后，过卖牛处看看他们讨论价钱盟神发誓的样子，又过卖猪处看看那些大猪小猪，查看它，把后脚提起时必锐声呼喊。又到赌场上去看看那些乡下人一只手抖抖地下注，替别人担一阵心。又到卖山货处去，用手摸摸那些豹子老虎的皮毛，且听听他们谈到猎取这野物的种种危险经验。又到卖鸡处去，欣赏欣赏那些大鸡小鸡，我们皆知道什么鸡战斗时厉害，什么鸡生蛋极多。我们且各自把那些斗鸡毛色记下来，因为这些鸡照例当天全将为城中来的兵士和商人买去，五天以后就会在城中斗鸡场出现。我们间或还可在敞坪中看苗人决斗，用扁担或双刀互相拼命。小河边到了场期，照例来了无数小船和竹筏，竹筏上且常常有长眉秀目脸儿极白奶头高肿的青年苗族女人，用绣花大衣袖掩着口笑，使人看来十分舒服。我们来回走二三十里路，各个人两只手既是空空的，因此在场上什么也不能吃。间或谁一个人身上有一两枚铜元，就到卖狗肉摊边割一块狗肉，蘸些盐水，平均分来吃吃。或者无意中谁一个人在人丛中碰着了一位亲长，被问道：“吃过点心吗？”大家正饿着，互相望了会儿，羞羞怯怯地一笑。那人知道情形了，便道：“这成吗？不喝一杯还算赶场吗？”到后自然就被拉到狗肉摊边去，切一斤两斤肥狗肉，分割成几大块，各人来那么一块，蘸了盐水往嘴上送。

机会不好不曾碰到这么一个慷慨的亲戚，我们也依然不会瘪了肚皮回家。沿路有无数人家的桃树李树，果实全把树枝压得弯弯的，等待我们去为它们减除一分负担。还有多少黄泥田里，红萝卜大得如小猪头，没有我们去吃它，赞美它，便始终委屈在那深土里！除此以外路塍上无处不是莓类同野生樱桃，大道旁无处不是甜滋滋的地枇杷，无处不可得到充饥果腹的山果野莓。口渴时无处不可以随意低下头去喝水。至于茶油树上长的茶莓，则常年四季都可以随意采吃，不犯任何忌讳。即或任何东西没得吃，我们还是依然十分高兴，就为的是乡场中那一派空气，一阵声音，一分颜色，以及在每一处每一项生意人身上发出那一股不同臭味，就够使我们觉得满意！我们用各样官能吃了那么多东西，即使不再用口来吃喝，也很够了。

到场上去我们还可以看各样水碾水碓，并各种形式的水车。我们必得经过好几个榨油坊，远远地就可以听到油坊中打油人唱歌的声音。一过油坊时便跑进去，看看那些堆积如山的桐子，经过些什么手续才能出油。我们只要稍稍绕一点路，还可以从一个造纸工作场过身，在那里可以看他们利用水力捣碎稻草同竹篠，用细篾帘子舀取纸浆做纸。我们又必须从一些造船的河滩上过身，有万千机会看到那些造船工匠在太阳下安置一只小船的龙骨，或把粗麻头同桐油石灰嵌进缝罅里补治旧船。

总而言之，这样玩一次，就只一次，也似乎比读半年书还有益处。若把一本好书同这种好地方尽我拣选一种，直到如今我还觉得不必看这本弄虚作伪千篇一律用文字写成的小书，却应当去读那本色香俱备内容充实用人事写成的大书。

我不明白我为什么就学会了赌骰子。大约还是因为每早上买菜，总可剩下三五个小钱，让我有机会傍近用骰子赌输赢的糕类摊子。起始当三五个人蹲到那些戏楼下，把三粒骰子或四粒骰子或六粒骰子抓到手中，奋力向大土碗掷去，跟着它的变化喊出种种专门名词时，我真忘了自己也忘了一切。那富于变化的六骰子赌，七十二种“快”“臭”，一眼间我皆能很得体地喊出它的得失。谁也不能在我面前占去便宜，谁也骗不了我。自从精明这一项玩意儿以后，我家里这一早上若派我出去买菜，我就把买菜的钱去作注，同一群小无赖在一个有天棚的米厂上玩骰子，赢了钱自然全部买东西吃，若不凑巧全输掉时，就跑回来悄悄地进门找寻外祖母，从她手中把买菜的钱得到。

但这是件相当冒险的事，家中知道后可得痛打一顿，因此赌虽然赌，经常总只下一个铜子的注，赢了拿钱走去，输了也不再来，把菜少买一些，总可敷衍下去。

由于赌术精明，我不大担心输赢。我倒最希望玩个半天结果无输无赢。我所担心的只是正玩得十分高兴，忽然后领一下子为一只强硬有力的瘦手攫定，一个哑哑的声音在我耳边响着:

“这一下捉到你了，这一下捉到你了！”

先是一惊。想挣扎可不成。既然捉定了，不必回头，我就明白我被谁捉住，且不必猜想，我就知道我回家去应受些什么款待。于是提了菜篮让这个仿佛生下来给我作对的人把我揪回去。这样过街可真无脸面，因此不时请求他放和平点抓着我一只手，总是趁他不注意的情形下，忽然挣脱先行跑回家去，准备他回来时受罚。

每次在这件事上我受的处罚都似乎略略过分了些，总是被一条绣花的白绸腰带缚定两手，系在空谷仓里，用鞭子打几十下，上半天不许吃饭，或是整天不许吃饭。亲戚中看到觉得十分可怜，多以为哥哥不应当这样虐待弟弟。但这样不顾脸面地去同一些乞丐赌博，给了家中多少气怄，我是不理解的。

我从那方面学会了不少下流野话，和赌博术语，在亲戚中身份似乎也就低了些。只是当十五年后，我能够用我各方面的经验写点故事时，这些粗话野话，却给了我许多帮助，增加了故事中人物的色彩和生命。

革命后，本地设了女学校，我两个姐姐一同被送过女学校读书。我那时也欢喜到女学校去玩，就因为那地方有些新奇的东西。学校外边一点，有个做小鞭炮的作坊，从起始用一根细钢条，卷上了纸，送到木机上一搓，吱的一声就成了空心的小管子，再如何经过些什么手续，便成了燃放时巴的一声的小爆仗，被我看得十分熟习。我借故去瞧姐姐时，总在那里看他们工作一会会。我还可看他们烘焙火药，碓舂木炭，筛硫磺，配合火药的原料，因此明白制烟火用的药同制爆仗用的药，硫磺的分配分量如何不同。这些知识远比学校读的课本有用。

一到女学校时，我必跑到长廊下去，欣赏那些平时不易见到的织布机器。那些大小不一钢齿轮互相衔接，一动它时全部都转动起来，且发出一种异样陌生的声音，听来我总十分欢喜。我平时是个怕鬼的人，但为了欣赏这机器，黄昏中我还敢在那儿逗留，直到她们大声呼喊各处找寻时，我才从廊下跑出。

当我转入高小那年，正是民国五年，我们那地方为了上年受蔡锷讨袁战事的刺激，感觉军队非改革不能自存，因此本地镇守署方面，设了一个军官团。前为道尹后改成苗防屯务处方面，也设了一个将弁学校。另外还有一个教练兵士的学兵营，一个教导队。小小的城里多了四个军事学校，一切都用较新方式训练，地方因此气象一新。由于常常可以见到这类青年学生结队成排在街上走过，本地的小孩，以及一些小商人，都觉得学军事较有意思，有出息。有人与军官团一个教官作邻居的，要他在饭后课余教教小孩子，先在大街上操练，到后却借了附近由皇殿改成的军官团操场使用，不上半月，便招集了一百人左右。

有同学在里面受过训练来的，精神比起别人来特别强悍，显明不同于一般同学。我们觉得奇怪。这同学就告我们一切，且问我愿不愿意去。并告我到里面后，每两月可以考选一次，配吃一份口粮作守兵战兵的，就可以补上名额当兵。在我生长那个地方，当兵不是耻辱。多久以来，文人只出了个翰林，即熊希龄，两个进士，四个拔贡。至于武人，随同曾国荃打入南京城的就出了四名提督军门，后来从日本士官学校出来的朱湘溪，还作蔡锷的参谋长，出身保定军官团的，且有一大堆，在湘西十三县似占第一位。本地的光荣原本是从过去无数男子的勇敢流血搏来的。谁都希望当兵，因为这是年轻人一条出路，也正是年轻人唯一的出路。同学说及进“技术班”时，我就答应试来问问我的母亲，看看母亲的意见，这将军的后人，是不是仍然得从步卒出身。

那时节我哥哥已过热河找寻父亲去了，我因不受拘束，生活既日益放肆，不易教管，母亲正想不出处置我的好方法，因此一来，将军后人就决定去作兵役的候补者了。

往　　事

这事说来又是十多年了。

算来我是六岁。因为第二次我见到长子四叔时，他那条有趣的辫子就不见了。

那是夏天秋天之间。我仿佛还没有上过学。妈因怕我到外面同瑞龙他们玩时又打架，或是乱吃东西，每天都要靠到她身边坐着，除了吃晚饭后洗完澡同大哥各人拿五个小钱到道门口[1]去买士元的凉粉外，剩下便都不准出去了！至于为甚又能吃凉粉？那大概是妈知道士元凉粉是玫瑰糖，不至吃后生病吧。本来那时的时疫也真凶，听瑞龙妈说，杨老六一家四口人，从十五得病，不到三天便都死了！

我们是在堂屋背后那小天井内席子上坐着的。妈为我从

1　清朝辰沅永靖兵备道道台街门外空地，距离沈从文家很近。——编者注

一个小黑洋铁箱子内取出一束一束方块儿字来念，她便膝头上搁着一个麻篮绩麻。弄子里跑来的风又凉又软，很易引人瞌睡，当我倒在席子上时，妈总每每停了她的工作，为我拿蒲扇来赶那些专爱停留在人脸上的饭蚊子。间或有个时候妈也会睡觉，必到大哥从学校夹着书包回来嚷肚子饿时才醒，那末，夜饭必定便又要晚一点了！

爹好像到乡下江家坪老屋去了好久了，有天忽然要四叔来接我们。接的意思四叔也不大清楚，大概也就是闻到城里时疫的事情吧。妈也不说什么，她知道大姐二姐都在乡里，我自然有她们料理。只嘱咐了四叔不准大哥到乡下溪里去洗澡。因大哥前几天回来略晚，妈摩他小辫子还湿漉漉的，知他必是同几个同学到大河里洗过澡了，还重重地打了他一顿呢。四叔是一个长子，人又不大肥，但很精壮。妈常说这是会走路的人。铜仁到我凤凰是一百二十里蛮路，他能扛六十斤担子一早动身，不抹黑就到了，这怎么不算狠！他到了家时，便忙自去厨房烧水洗脚。那夜我们吃的夜饭菜是南瓜炒牛肉。

妈捡菜劝他时，他又选出无辣子的牛肉放到我碗里。真是好四叔呵！

那时人真小，我同大哥还是各人坐在一只箩筐里为四叔担去的！大哥虽大我五六岁，但在四叔肩上似乎并不什么不匀称。乡下隔城有四十多里，妈怕太阳把我们晒出病来，所以我们天刚一发白就动身，到行有一半的唐峒山时，太阳还才红红的。到了山顶，四叔把我们抱出来各人放了一泡尿，我们便都坐在一株大刺栎树下歇憩。那树的杈桠上搁了无数小石头，树左边又有一个石头堆成的小屋子。四叔为我们解说，小屋子是山神土地，为赶山打野猪人设的；树上石头是寄倦的：凡是走长路的人，只要放一个石头到树上，便不倦了。但大哥问他为甚不也放一个石子时，他却不做声。

他那条辫子细而长正同他身子一样。本来是挽放头上后再加上草帽的，不知是那辫子长了呢还是他太随意，总是动不动又掉下来，当我是在他背后那头时，辫子梢梢便时时在我头上晃。

“芸儿，莫闹！扯着我不好走！”

我伸出手扯着他辫子只是拽，他总是和和气气这样说。

“四满[1]，到了？”大哥很着急地这么问。

“快了，快了，快了！芸弟都不急，你怎么这样慌？你看我跑！”他略略把脚步放快一点，大哥便又嚷摇的头痛了。

他一路笑大哥不济。

到时，爹正同姨婆五叔四婶他们在院中土坪上各坐在一

1　乡人呼叔叔为满满。——编者注

莲叶围人家

柳丝送河船

条小凳上说话。姨婆有两年不见我了，抱了我亲了又亲。爹又问我们饿了不曾，其实我们到路上吃甜酒、米豆腐已吃胀了。上灯时，方见大姐二姐大姑满姑[1]各人手上提了一捆地萝卜进来。

我夜里便同大姐等到姨婆房里睡。

乡里有趣多了！既不什么很热，夜里蚊子也很少。大姐到久一点，似乎各样事情都熟习，第二天一早便引我去羊栏边看睡着比猫还小的白羊，牛栏里正歪起颈项在吃奶的牛儿。我们又到竹园中去看竹子。那时觉得竹子实在是一种很奇怪的东西。本来城里的竹子，通常大到屠桌边卖肉做钱筒的已算出奇了！但后园里那些南竹，大姐教我去试抱一下时，两手竟不能相掺。满姑又为偷偷地到园坎上摘了十多个桃子。接着我们便跑到大门外溪沟边上拾得一衣兜花蚌壳。

事事都感到新奇：譬如五叔喂的那十多只白鸭子，它们会一翅从塘坎上飞过溪沟。夜里四叔他们到溪里去照鱼时，却不用什么网，单拿个火把，拿把镰刀。姨婆喂有七八只野鸡，能飞上屋，也能上树，却不飞去；并且，只要你拿一捧包谷米在手，口中略略一逗，它们便争先恐后地到你身边来了。什么事情都有味。我们白天便跑到附近

1　满姑是最小的姑母。——编者注

村子里去玩，晚上总是同坐在院中听姨婆学打野猪打獾子的故事。姨婆真好，我们上床时，她还每每为从大油坛里取出炒米、栗子同脆酥酥的豆子给我们吃！

后园坎上那桃子已透熟了，满姑一天总为我们去偷几次。爹又不大出来，四叔五叔又从不说话，间或碰到姨婆见了时，也不过笑笑地说：

“小娥，你又忘记嚷肚子痛了！真不听讲——芸儿，莫听你满姑的话，吃多了要坏肚子！拿把我，不然晚上又吃不得鸡膊腿了！”

乡里去有场集的地方似乎并不很近，而小小村中除每五天逢一六赶场外通常都无肉卖。因此，我们几乎天天吃鸡，唯我一人年小，鸡的大腿便时时归我。

我们最爱看又怕看的是溪南头那坝上小碾房的磨石同自动的水车；碾房是五叔在料理。那圆圆的磨石，固定在一株木桩上只是转只是转。五叔像个卖灰的人，满身是糠皮，只是在旋转不息的磨石间拿扫把扫那跑出碾槽外的谷米。他似乎并不着一点忙，磨石走到他跟前时一跳又让过磨石了。我们为他着急又佩服他胆子大。水车也有味，是一些七长八短的竹篙子扎成的。它的用处就是在灌水到比溪身还高的田面。

大的有些比屋子还大，小的也还有一床晒簟大小。它们接接连连竖立在大路近旁，为溪沟里急水冲着快快地转动，有些还咿哩咿哩发出怪难听的喊声，由车旁竹筒中运水倒到悬空的枧[1]上去。它的怕人就是筒子里水间或溢出枧外时，那水便砰的倒到路上了，你稍不措意，衣服便打得透湿。我们远远地立着看行路人抱着头冲过去时那样子好笑。满姑虽只大我四岁，但看惯了，她却敢在下面走来走去。大姐同大姑，则知道那个车子溢出后便是那一个接脚，不消说是不怕水淋了！只我同大哥二姐，却无论如何不敢去尝试。

1 剜木以引水之物。——编者注

炉　　边

四个人，围着火盆烤手。

妈，同我，同九妹，同六弟，就是那么四个人。八点了罢，街上那个卖春卷的嘶了个嗓子，大声大气嚷着，已过了两次了。关于睡，我们总以九妹为中心，自己属于被人支配一类。见到她低下头去，伏在妈膝上时，我们就不待命令，也不要再抱希望，叫春秀丫头做伴，送到对面大房去睡了。所谓我们，当然就是说我同六弟两人。

平常八点至九点，九妹是任怎样高兴，也必支持不来了。但先时预备了消夜的东西时，却又当别论。把燕窝尖子放到粥里去，我们就吃燕窝粥，把莲子放进去，我们于是又吃莲子稀饭了。虽然是所下的燕窝并不怎样多，我们总是那样说，我同六弟不拘谁一个人的量，都敌得过九妹同妈两人。但妈的说法，总是九妹饿了，为九妹煮一点消夜的东西罢。名义上，我们是托九妹的福的，因此我们都愿九妹每天晚饭吃不饱，好到夜来嚷饿，我们一同沾光。我们又异常聪明，若对消夜先有了把握，则晚饭那一顿就老早留下肚子，这事大概从不为妈注意及，但九妹却瞒不过。

“娘，为老九煮一点稀饭罢。”

倘若六弟的提议不见妈否决，于是我就耀武扬威催促春秀丫头，“春秀！为九小姐同我们煮稀饭，加莲子，快！”

有时，妈也会说没有糖了，或是今夜太饱了，“老九哪会饿呢？”遇到这种运气坏的日子，我们也只好准备着睡，没有他法。

“九妹，你说饿了，要煮鸽子蛋吃罢。”

“我不！”

“为我们说，明天我为你到老端处去买一个大金陀螺。”

“……”

背了妈，很轻地同九妹说，要她为我们说谎一次，好吃同冰糖白煮的鸽子蛋也有过。这事总是顶坏的我（妈是这样批评我的）教唆六弟，要六弟去说，用金陀螺为贿。九妹的陀螺正值坏时，于是也就慨然答应了。把鸽子蛋吃后，金陀螺还只在口上，让九妹去怨也全然不理，在当时，反觉得出的主意并不算坏。但在另一次另一种事上，待到六弟把话说完时，她也会到妈身边去，扳了妈的头，把嘴放在妈耳朵边，唧唧说着我们的计划。在那时，想用贿去收买九妹的我们，除了哭着嚷着分辩着，说是自己并没有同九妹说过什么话外，也只有脸红。结果是出我们意料以外，妈仍然照我们的希望，把吃的叫春秀去办。如此看来，妈以前所说全是为妹的话，又显然是在哄九妹了。然而九妹在家中因为一人独小而得到全家——尤其是母亲加倍的爱怜，也是真事。因了母亲的专私的爱，三姨也笑过我们了。而令我们不服的，是外祖母常向许多姨娘说我们并不可爱。

此次又是在一次消夜的期待中。把日里剩下的鸭子肉汤煮鸭肉粥，听到春秀丫头把一双筷子唏哩活落在外面铜锅子里搅和，似乎又闻到一点香气，妈怕我们伤风不准我们出去视察，六弟是在火盆边急得要不得了。

“春秀。还不好么？”盛气地问那丫头。

“不呢。”

“你莫打盹，让它起锅巴！”

“不呢。”

“快扇一扇火，会是火熄了，才那么慢！”

“不呢，我扇着！”

六弟到无可奈何时，乘到九妹的不注意，就把她手上那一本初等字课抢到手，琅琅地像是要在妈面前显一手本事的样子，大声念起来了。

“娘，我都背得呢，你看我闭上眼睛罢，”眼睛是果真闭上了，但到第五课“狼，野狗也——”就把眼睛睁开了。

“说大话的！二哥你为我把书拿在手上，我来背，”九妹是接着又琅琅地背诵起来。

大门前，卖面的正敲着竹梆梆，口上喊着各样惊心动魄的口号，在那里引诱人。我们只要从梆梆声中就早知道这人是有名的何二了。那是卖饺子的；也卖面，在城里却以饺子著名。三个铜元，则可以又有饺子又有面，得吃凤牌湘潭酱油。他的油辣子也极好。大姐每一次从学校回来，总是吃不要汤的加辣子干挑饺子。因为妈的禁止，我们却只能用眼睛去看。

那何二，照例捱了一会，又把担子扛起，一路敲打着梆梆，往南门坨方面去了，嚷着的声音是渐渐小下来，到后便只余那虽然很小还是清脆分明的柝声。

大门前，因为宽敞，一些卖小吃的，到门前休息便成了例了。日里是不消说，还有那类在一把无大不大的“遮阳伞王”（那是老九取的名）下头炸油条糯米糍的。到夜间呢，还是可以时时刻刻听得一个什么担子过路停下的知会，锣呀，梆梆呀，单是口号呀，少有休息。这类声音，在我们听来是难受极了。每一种声音下都附有一个足以使我们流涎的食物，且在习惯中我们从各样不同的知会中又分出食物的种类。听到这类声音，我们觉得难受，不听到又感到寂寞。最令人兴奋的是大姐礼拜六回家，有了她，我们消夜的东西，差不多是每一种从门前过去的都可以尝试。

何二去后不久，一个敲小锣卖丁丁糖的又在门前休息了。我知道，这锣的大小，是正如我那面小圆砚池，是用一根红绳子挂在手上那么随随便便敲着的。许是有人在那里抽了签罢，锣声停下来，就听到一把竹签子在筒内搅动的响声了。又听到说话，但不很清楚。那卖糖的是一个别处地方人，譬如说，湖北的罢。因为常听他说“你哪家”；只有湖北人口上离不得“你哪家”，那是从久到武昌的陈老板的说话就早知道了。在他来此以前，我似乎还不曾见过像那样敲着小锣落雨天晴都是满街满巷走着的卖糖的人。顶特别的是他休息到什么地方时，把一个独脚凳塞到屁股底下去坐，就悠悠扬扬打起那面小锣来了。我们因为欣赏那张特别有趣的独脚凳，白天一听铛铛的响声，就争着跑出去。六弟还有一次要他让自己坐坐看，我们奇怪它怎么不会倒，也想自己有那么一张，每天让我们坐着吃饭玩，还可以扛到三姨家去送五姐她们看。

大的木方盘内，分划成了许多区。每一区陈列糖一种。有的颜色式样虽相同味道却两样，有的样子不一样味道却又相同。有用红绿色纸包成三角形小包的薄荷糖，吃来是又凉又甜的。有成片的姜糖，味道微辣。圆的同三角形的各种果子糖，大的十枚五枚，小的两枚一枚。藕糖就真像小藕，有孔有节。红的同真红椒一般大的辣子糖，可以把尖端同蒂咬去，当牛角吹。茄子糖则比真茄子小了许多，但颜色同形式都同，把茶倾倒茄子中空处再倒到口里去也很甜。还有用模子做成的糖菩萨：顶小的同一个拇指那么大，大的如执鞭的财神、大肚罗汉，则一斤糖还不够做一个。那湖北人，把菩萨安放在盘子正中，各样糖同小菩萨，则四围绕着陈列。大菩萨之间，又放了一个小瓶子，有四季花同云之类画在瓶上。瓶子中，按时插上月季，兰，石榴，茶花，菊，梅以及各样应时的草花。

袁小楼警察所长卸事后，于是极其大方地把抽糖的签筒也拿出来了。签从一点到六点各六根，把这六六三十六根竹签管束在一个外用黄铜皮包裹描金髹过的小竹筒内。“过五关”的抽法是一个小钱只能得小菩萨一名。若用铜元，若过了三次五关以后，胜利还是属于自己，则供着在盘子正中手里鞭子高高举着的那位财神爷就归自己所有了。三次五关都顺顺当当过去，这似乎是很难；但每天那湖北人回家时那一对大财神总不能一同回家，似乎是又并不怎样不容易了。

等了一会，外面的签筒还在搅动。

六弟是早把神魂飞出大门傍到那盘子边去了。

我说，“老九，你听！”我是知道九妹衣兜里还有四十多枚小钱的。

其实九妹也正是张了耳朵在听。

“去罢。”九妹用目答应我。

她把手去前衣兜里抓她的财产，又看着母亲老实温驯地说，“娘，我去买点薄荷糖吃罢！”

“他们想吃了，莫听他们的话。”

“我又不抽签，”九妹很伶便地分解，都知道妈怕我们去抽签。

“那等一会粥又不能吃了！”

本来并不想到糖吃的九妹，经母亲一说，在衣兜里抓数着钱的那只手是极自然地取出来了。

妈又说必是六生的怂恿。这当然是太冤屈六弟了。六弟就忙着分辩，说是自己正想到别的事，连话也不讲，说是他，那真冤枉极了。

六弟说正想到别的事，也是诚然。他想到许多事情出奇的凶……那位像活的生了长胡子横骑着老虎的财神爷怎么内部是空的？那大肚子罗汉怎么同卖糖的杨怒山竟一个样的胖实！那个花瓶为什么必得四名小菩萨围绕？

签筒声停止后，那铛铛铛漂亮的锣声便又响着了。

这样不到二十声，就会把独脚凳收起来，将盘子顶到头上，也用不着手扶，一面高兴打着锣走向道门口去罢。到道门口后，把顶上的木盘放下，于是一群嘴边正抹满了包家娘醋萝卜碗里辣子水的小孩，就蜂子样飞了过来围着，胡乱地投着钱，吵着骂着，乘了胜利，把盘子中的若干名大小菩萨一齐搬走。眼看到菩萨随到小孩子走尽后，于是又把独脚凳收起，心中装了欢喜，盘中装了钱，用快步的跑转家去罢。回家大约还得把明天待用的各样糖配齐，财神重新再做，小菩萨也补足五百数目，到三更以后始能上床去睡……为那糖客设想着，又为那糖客担心着财神的失去，还极其无意思地嗔视着又羡企看那群快要二炮了还不归家去的放浪孩子，糖客是当真收起独脚凳走去了。

“那丁丁糖已经过道门口去了！”六弟嗒然地说。

“每夜都是这时来，”我接着说。

“娘，那是一个湖北佬，不论见到了谁个小孩子都是‘你哪家’的，正像陈老板娘的老板，我讨厌他那种恭敬，”九妹从我手上把那本字课抢过手去，“娘，这书里也画得有个卖糖的人呢。”

妈没有做声。

湖北佬真是走了。在鸭子粥没有到口以前，我们都觉得寂寞。

我的小学教育

木傀儡戏

二月八，土地菩萨生日，街头街尾，有得是戏！土地堂前头，只要剩下来约两丈宽窄的空地，闹台就可以打起来了。

这类木傀儡戏，与其说是为娱乐土地一对老夫妇，不如说是为逗全街的孩子欢心为合适。别的功果，譬如说，单是用胡椒面也得三十斤的打大醮，捐钱时，大多都是论家中贫富为多少的；唯有土地戏，却由募捐首士清查你家小孩子多少。像我们家有五个姊妹的，虽然明知道并不会比对门张家多谷多米，但是钱，总捐得格外多。不捐，那是不行的。小孩子看戏不看戏可不问。但若是你家中孩子比别人两倍多，出捐太少，在自己良心上说来，也不好意思。

戏虽在普通一般人家吃过早饭后才开场，很早很早，那个地方就会已为不知谁个打扫得干干净净了。唯有“土地堂前猪屎多”，在平时，猪之类，爱在土地堂前卸脱它的粪便，几乎是成了通例的。唱戏日，大家临时就懂了公德心，知道妨碍了看戏是大家所抱怨的，于是，这一天，就把猪关禁起来了。你若高兴，早早地站在自己门前，总可以见到戏箱子过去，押箱子的我们不要问就可以知道是“管班”。每一口箱子由两个挑水的人抬着，箱子上有各样好看的金红漆花，有钉子，有金纸剪就“黄金万两”连连牵牵的吉利字，一把大牛尾锁把一些木头人物关闭着。呵，想象到那些花脸，旦角，尤其是爱做笑样子的小丑，鼻子上一片白粉豆腐干似的贴着，短短的胡子……而它们，这时是一起睡在那一只大木箱子里，将要做些什么？真可念！我们又可以看到一批年老的伯娘婆婆，搬了凳子，预先去占坐位的。做生意的，如像本街光和的米豆腐担子，包娘的酸萝卜篮子，也颇早地就去把地盘找就了。

饭吃了，一十六个大字，照例的每日功课，在一种毫不用心随随便便的举动下，用淡淡的墨水描到一张老连纸上后，所候的就是“过午”那三十枚制钱了。关于钱的用处，那是预先就得支配的。所有花费账单大致如下：

面（或饺子）一碗，十二文。

甘蔗一节，三文。

酸萝卜（或蒜苗），五文。

四喜的凉糕，四文。

老强母亲的膏粱甜酒，三文。

余三文作临时费。

凉糕，同膏粱甜酒，母亲于出门时，总有三次以上嘱咐不得买吃的，但倘若是并无其他相当代替东西时，这两样，仍然是不忍放弃的。有时可以把甘蔗钱移来买三颗大李子，吃了西瓜则不吃凉糕。倘若是剩钱，那又怎么办？钱一多，那就只好拿来放到那类投机事业上去碰了！向抽签的去抽糖罗汉，有时运气好，也得颇大的糖土地。又可以直接去换钱，去同人赌骰子，掷“三子侯”。钱用完时，人倦了，纵然戏正有趣，回家也是时候了。遇到看戏日，是日家中为敬土地的缘故，菜必格外丰富。“土地怎不每月有一个生日呢？”用一种奇怪的眼睛瞅着桌上陈列的白煮母鸡，问妈，妈却无反应。待到白煮鸡只剩下些脚掌肋巴骨时，戏台边又见到嘴边还抹油的我们了。

在镇筸，一个石头镶嵌就的圆城圈子里住下来的人，是苗人占三分之一，外来迁入汉人占三分之二混合居住的。虽然多数苗子还住在城外，但风俗，性质，是几乎可以说已彼此同锡与铅样，融合成一锅后，彼此都同化了。时间是一世纪以上，因此，近来有一类人，就是那类说来俨然像骂人似的，所谓“杂种”，就很多很多。起初由总兵营一带，或更近贵州一带苗乡进到城中的，我们当然可以从他走路的步法上也看得出这是“老庚”，纵然就把衣服全换。但要一个人，说出近来如吴家杨家这两族人究竟是属于哪一边，这是不容易也是不可能的！若果“苗女儿都特别美”，这一个例可以通过，我们就只好说凡是吴家杨家女儿美的就是苗人了。但这不消说是一个笑话。或者他们两家人，自己就无从认识他的祖宗。

苗人们勇敢，好斗，朴质的行为，到近来乃形成了本地少年人一种普遍的德性。关于打架，少年人秉承了这种德性。每一天每一个晚间，除开落雨，每一条街上，都可以见到若干不上十二岁的小孩，徒手或执械，在街中心相殴相扑。这是实地练习，这是一种预备，一种为本街孩子光荣的预备！全街小孩子，恐怕是除非生了病，不在场的怕是无一个罢。他们把队伍分成两组，各由一较大的，较挨得起打的，头上有了成绩在孩子队中出过风头的，一个人在别处打了架回来为本街挣了面子的，领率统辖。统辖的称为官，在前清，这人是道台，是游击，到革命以后，城中有了团长旅长，于是他们衔头也随到改变了。我曾做过七回都督，六弟则做过民政长。都督的义务是为兄弟伙凑钱备打架的南竹片；利益，则行动不怕别人欺侮，到处看戏有人护卫而已。

晚上，大家无事，正好集合到衙门口坪坝上一类较宽敞地方，练习打筋斗，拿顶，倒转手来走路。或者，把由自己刮削得光生生的南竹片子拿在手上，选对子出来，学苗子打堡子时那样拼命。命固不必拼，但，互相攻击，除开头脸，心窝，“麻雀”，只在一些死肉上打下，可以炼磨成一个挨得起打的英雄好汉，那是事实罢。不愿用家伙的，所谓“文劲”，仍可以由都督，选出两队相等的小傻子来，把手拉斜抱了别个的身，垂下屁股，互相扭缠，同一条蛇样，到某一个先跌到地上时为止，又再换人。此类比赛，范围有限，所以大家就把手牵成一个大圈儿，让两人在圈中来玩。都督一声吆喝，两个牛劲就使出了。倒下而不愿再起的，算是败了。败者为胜利的作一个揖，表示投降，另一场便又可以起头。也有那类英雄，用腰带绑其一手，以一手同人来斗的，也有两人与一人斗的。总之，此种练习，以起疱为止，流血也不过凶，不然，胜利者也觉没趣，因为没一个同街的啼哭回家，则胜利者的光荣，早已全失去了。

这一街与另一街必得成仇，不然，孩子们便找不出实际显示功夫的一天！遇到某街某弄，土地戏开场，他们就有得是乐了。先日相约下来，做个预备。行使通知的归都督，由都督下令团长去各家报告。各人自预备下应用的军器，这真是少不得的一件东西！固然，正式冲锋上，有由各方首领各选人才，出面单独角力用不着军器的时候，但，终少不了！少了军器，到说“各亮器械宽阔处去”时，恐怕气概就老不老早先馁下了。或是短短木棒，或是家中晒棉纱用的小竹

水岸街巷

山边飞鸟

筒，都可以。最好最正式的军器是“南竹片”。这东西，由一个小孩子打到另一小孩子身上时，任怎样有力，也不会大伤。且拿南竹片可以藏到袖中，孩子们学藤牌时，又可以充砍刀用，所以家中也不会禁止。缺少军器的可以到都督处去领取两枚小钱，到钱纸铺去，自己任意挑选。竹片在钱纸铺中，除了夹纸已成了废物，也幸有了这样一种销路，不然，会只有当柴烧了。

团长通知话语，大约如下：

“据探子报：#月#日，##街，唱土地戏#天，兄弟们应各备器械，前往台边占据地盘。奋勇当先，各自为战，莫为本街出丑，是所望于大家！”

此出于侵略一方面，能具侵略胆量者，至少总有几位脚色，且有联络或征服其他团体三个以上的力量才敢正式宣布，不然，戏纵要看，也只好悄悄的，老老实实的，站在远远的地方观望罢了。戏属本街呢，传话当为“#月#日，本街#段唱木人头戏，热闹非凡，凡我弟兄，俱应于闹台锣鼓打过以前，执械戎装到场，把守台边。莫为别地痞子欺侮，致令权利失去！其军械不齐又不先来都督处领取款子的。罚如律。”关于赏罚律，抄数则例示：

见敌远走者，罚钱一文。

被打起疱不哭哼者，赏钱一文。

在别处被二人以上围打不伤者，赏钱二文。

被人骂娘二句挑战不敢动手者，罚钱二文。

不是说到这一群小宝贝预约下来的事情么？在戏场开锣以前，空头唢呐还呜呜地吹时，本街的孩子们，三个五个，满面光辉，如生日是属于自己一样，吃得肚子饱饱的，迎上前去，就把戏台包围了。所谓台，可不是玩意儿，冠冕堂皇，真了不得呀。十多根如同臂膊大小的木杆竹竿，横七竖八地在一些麻绳子的束缚下绑好后，（远看正如一个立方体的灯笼架子，）接着是用破破烂烂灰布青布帐篷一类套上去，照此一来，太阳可以不会再晒到鼓起嘴巴吹唢呐的老老秃顶了，一些木头傀儡也就很安静于一方阴影下老老实实休息着了。布篷套上后，已不再像灯笼架子，到后又得那类庙中用的幔子把打锣鼓一班人分隔到内房去，于是远远地看来，俨然也成了一个戏台模样。

把闹台过后，不久就是为某乡约，某保证，或是某老太太打加官的一套把戏。这真讨厌！在大戏台上，见到一个戴了面具，穿了红衣，随到“铛铛庆铛铛”的一起一落的步法走着，好久好久又才拿起那“加官赐福”或“一品当朝”的红布片子洒开一抖，已够腻人了，如今却由一个木头人再套上一个面具，也亏下面那个舞的人好意思！另一个人口中喊着为某老太太的加官呀，我们回过头去，只要选那人众中脸儿像猫的，必定就是她。她是快活极了，却不知我们都为她羞。不过，这加官打到自己家中的外祖母头上时，那便又当别论了，因为是这么一来，过午的钱，将因外祖母的高兴，把我们吃早饭时所预约下来的用费增加了。

有一类声音，是未经锣鼓敲打以前，就能听到的，就像：孥孥，你妈又怎不来！婆婆，又怎不把你的外孙也带来！代狗，这里要买盐葵花子！嫂嫂，这里有张空凳！

……又有一类声音，是锣鼓敲打以后，平息下来，歇了中台，始能听到的，就像：老肥，米豆腐三碗，热的，多辣子！面客，饺子的作醋！卖糕的，我不要这样的！……

到歇晚台时，一切声音就都为拖曳板凳的吱吱格格声音吞噬了。也有不少小孩子尖锐的呼声，突出此一片嘈杂的音海，但终于抑下了，深深地陷到这类烂泥样的吵嚷中了，全场板凳移动声像一批顶小的顶坏的边响炮仗往你耳边炸。

到末了，剩下三五个顽皮的不知足的小孩子，用一种研究态度，把手指头塞到口里去，权当丁丁糖吮着，很殷勤地看到戏子们把一个一个木傀儡安置到大箱中去，又看到戏台的皮剥去后，依然恢复那灯笼架子的神气，又看到小叫化子，徘徊于灰色葵花子壳中找寻他不意中的幸运，好像一枚当十铜元，一条手巾，一个仅只咬去一半的甜梨。

唱戏人，在布围子里地下走动着，把木傀儡从暗中伸举起来，至齐傀儡膝部自己手掌为度，若在台边看戏，利益就太多了。在台边，则一面可以看戏，一面还可见到那个唱戏的人，手中耍着木头人，口上哼哼唧唧，且极其可笑地做出俨乎其然的神气，走着戏上人物的步法。一个场面上是旦脚，如像夺阿斗的糜夫人，则耍木头人的那一位，脚步也扭扭捏捏，走动时也正同一个小脚女人样，真可笑极了。揎开布篷，便又可以见到那打锣的，在空闲时把塞到耳朵边正燃着纸煤子吸烟，吹唢呐的，嘴巴胀鼓鼓的，同含了什么两枚核桃之类，又正如杀猪志成吹猪脚那一种派头。台边前，不怕太阳晒，也是一个舒服处。还有一件顶讨便宜的事，就是随意去扳动那些脑后一颗钉挂在绳子上休息的傀儡时，戏子见到也从不呵叱！因为这中还有一个规矩，这规矩是戏在哪一街演唱时，则那一街的孩子，在大人们许可的法律中，成了戏台周围唯一的霸有者了。在霸有者所享有的权利有如此其多，当然给了其小孩若干强烈的诱惑。帝国主义者之侵略，既无从去禁止另一街为这诱惑已弄得心痒痒的之强项君子，因此一来，保护主权与野心家的战争，便随时都可以发生了。

败了，大家无声无息地退下，把救兵搬来时，又用力夺回。或保留此仇，待他日报复。胜了，所谓野心家，怀了失败的羞耻，也不再看别人街上唱的戏，都督带领弟兄，垂头丧气回家去，这耻辱也保留下来，等另一机会去了。为竞争存活起见，这之间用得着临时联邦政策。毗邻一街，若无深仇，则可合力排除强权，成功后，把帝国主义者打倒后，则让出戏台前地位三分之一来作携手御外侮的报酬。也有本街孩子极少，犹能抵抗外来之人侵略主权的，此则全赖本街中之大孩子。此类大孩子，当年亦必曾作统领，有名于全城，一切孩子们所敬服，又能持中不偏，才足以济。大孩子初不必帮同作战，或用别的力来相助，所要的是公理的执行。遇他方的孩子，行使侵略，来占戏台，本街小孩子诉苦于大孩子时，大孩子即作主人，再找一二好事喜斗之徒，为执行评证，使两街孩子，到离戏场较远，不致扰乱唱戏的空地方去，排队成列，各择一人，出面来殴扑，不准哭，不准喊，不准用铁器伤人，不准从旁帮忙。跌下的，若有力再战，仍可起身作第二次比赛。第一对胜败分明后，又选第二对，第三第四继其后，以尽本街小孩子为止。到后，总评其胜负。若本街实不敌，则让戏台之一面或两面，作媾和割地议；若胜，则对方虽人多，亦不必退缩。因较大之公证人在旁，败者亦只好携手跑去，再不好意思看戏了。要报仇么？下次有得是机会，横顺土地戏是这里那里直要唱二个月以上的，并且土地戏以外也不是无时间。

在打架时，是会要影响到戏的演奏么？我才说到，那请放心，决不会到那样！他们约下来，在解决以前，是不能靠近目的地的。人人都是那样文明，混战独战总得到大田坪里，或有沙土地方去。大坪坝空阔，平顺，免得误打别的老实小孩们，敌不过而又不甘认败的，且可以在田坪中小跑，如鸡溜头时一样。至于沙子地方，则纵跌猛的摔倒时，不至把身子跌伤，且衣服脏了也容易干净。也不知是有意还是自然哩，在城中，一块大坪，沙子软软地同棉絮样的地方，就很多！不论他是如何，孩子们，会选地方打架，那是用不着夸张也用不着隐饰的了。

不光是看戏。正月，到小教场去看迎春；三月间，去到城头放风筝；五月，看划船；六月，上山捉蛐蛐，下河洗澡；七月，烧包；八月，看月；九月，登高；十月，打陀螺；十二月，初三牲盘子上庙敬神；平常日子，上学，买菜，请客，送丧，你若是一个人，又不同你妈，又不同你爸，你又是结下了许多仇的一个人，那真危险！你一出街头，就得准备。起疱是最小的礼物，你至少应准备接受比起疱分量还重一点的东西。闪不知，一个人会从你身边擦过去，那个手拐子，凶凶的，一下就会撞你倒地做个饿狗抢屎的姿势！来撞你的总不止一人。他们无非也是上学，买菜，一类家中职务。他若是一人，明知不是你对手，远远地他见你来，早拔脚跑了。但可以欺的，他总不会轻轻放过。他们都是为人欺苦够了的人，时时想到报复，想到把自己仇人踹到泥里头去。对仇人，没有可报复的方法时，则到处找更其怯弱的人来出气。他们见了你时，有意无意地，走过你的身边，装装自己爸爸夜里吃多了酒的醉模样，口中哼哼唧唧，把手撑到腰间，故意将拐子作了力来触撞你软地方。撞了你后，且胡胡地用鼻子说着，“怎么，撞人呀！”不理是为一个不愿眼前吃亏的上策。忍不住时，抬起头去，两人目光一相接，那他便更其调皮起来！他将对你不客气地笑，这笑中，你可以省得他所有的轻蔑来。或者，他更近一步，拢到你身边来，扬起捏着的拳，恐吓似的很快地轻轻落到你背上。你不做声，还是低了头在走，那第二步的撩逗又出来了。他将把脚步拖缓下来，待你刚要走近他身边时，笑笑的脸相，充满难堪的恶意，故意若才见到你的神气：“喔，我道是谁呀！若高兴打架，就请把篮子放下罢。”这只能心里说打架是不高兴的事。虽然在另一个地方，你明知这人是不敢多事的，但如今是到了他的大门左右，一声喊，帮忙的来打狗扑羊的不知就有许多，所以“狗仗屋前”的他，便分外威风起来了。挑战的话大致不外后五种，录下以见一斑：

1 ×他妈，谁爱打架就来呀！

2 卖屁股的，慢走一点，大家上笔架城去！

3 哪个是大脚色，我卵也不信，今天试试！

4 大家来看！这里来一个小鬼！

5 小旦脚，小旦脚，听不真么，我是说你呀！

骂，让他点罢，眼前亏好汉是不吃的。你一回嘴，情形准糟。欺凌过路人，这是多数方面一种固有权利，这权利也正如官家拦路抽税样：同是不合理，同是被刻薄，而又应当忍受之事；不然，也许损失还大。并且，此事在你自己，或者先时于你街上，就已把这税收得，这时不过是退一笔不要利息的借款罢了。

关于两街中也有这么一条，“不欺单身上学孩子”，但这义务，这国际公德，也看都督的脚色而定，若都督不行，那是无从勒弟兄们遵守的。

木傀儡戏中常有两个小丑，用头相碰，揉做一团的戏，因此，孩子们争斗中，也有了一派，专用头同人相碰。但这一派属于硬劲一流，胜利的仍然有同样的吃亏，所以人数总不多，到后来，简直就把这门战略勾除了。

过柳林岔

十五日上午九点三十分

昨天晚上我又睡不好，不知什么原因，尽得醒。船走得太慢，使人着急。但天气那么冷，也不好意思催人下水拉船。我昨天不是说已经够冷了吗？今天还更糟！

今早开船时还只七点左右，落得是子子雪，撒在舱板上、船篷上如抛豆子，篙桨把手处皆起了凌，可是船还依然得上滩。从今天为始，我这小船就时时刻刻得上滩了，大约有成百个急水滩得上。

现在已十点，我们业已经吃过早饭，船又在开动了。算算日子我已离开了你八天。我的信写了一大堆，皆得到辰州付邮。我知道你着急，可是这信还仍然无法寄来。

路上过的日子，照我们动身时打算，总以为可担心处是危险。现在我方明白，路上危险倒没有，却只是寂寞。一个孤单单的人，坐在一个见方六尺的船舱里，一寸木板下就是汤汤的流水，风雪大了随时皆得泊下……我们的船太不凑巧了点，恰好就遇到这种风雪日子。

船又停了，你说急不急人。船正泊到一个泥堤下，一切声音皆没有，只有水在船底流过的声音。远处的雪一片白，天气好冷！船夫不好意思似的一面骂野话，一面跳上岸去拉纤，望到他们那个背影，我有说不出的同情，不好意思催促。

船开后，我坐在外面看了他们拉船半点钟。雪子落得很密。真冷。若落软雪就好了，目前可似乎还不能落那种雪。照这样走去，也许从桃源到浦市这一段路，将超过七天，可能要十天以上。这预算一超过，我回北平的日子也一定得延长了。我的急与你们的盼望，同样是不能把这路程缩短的。路太长了。

你得好好地做事，不要为我着急，不要为我担忧。我算定这信到你身边时，至迟十来天也就可以回到北平了。这信到辰州方能发出，辰州上浦市两天，浦市过家乡还得坐轿子两天，我在家蹲三天四天，下来有十一天可到北平，故总拢来算算，减去这信在路上的日子，这信到手边十天后，我也一定可以到北平的。应当这么估计。

冷得很，我手也木了，等等再写。

十五日十一点十五分

三三，我们的船挂了篷，人不必上岸拉，不必用手摇结冰的篙桨，自动地在水面跑了。走得很快，很稳。水手便在火灶旁说笑话。我听他们说了半点钟。

现在还是用帆，风大了些，船也斜斜的。你若到这里来一定怕得喊叫，因为船在水面全是斜的，船边贴水不到一寸。但放心，这船是不作兴入水的。这小船好处在此，上下行全无危险。分量轻，码子小，吃水浅，因此来去自如。我嫌帆小了些，故只想让他们把被单也加上去。但办不到，因为天气太冷了，做什么皆极其费事的。现在还大落子子雪，同雨一样，比雨讨嫌。船上一切皆起了一层薄薄的冰，哑哑地返着薄光。两个水手在灶边烤火，一个舵手就在后梢管绳子同舵把。风景美得很，若人不忙，还带了些酒来，想充雅人，在这船上一定还可作诗的。但我实在无雅兴。我只想着早到早离开。

我苹果还剩八个，这就是，我只吃了两个，送了别人两个，其余还好好地保留下来，预备送家中人吃。九九那个大的也还好好地放在箱子里。我们忘了带点甜东西了，实在应当带些饼干，方能把这日子一部分用牙齿嚼掉。船上冬天最需要的恐怕便是饼干，水果全不想吃。我很想得点稀饭吃，因为不方便也就不要求水手做了。

十二点

这时船已到了柳林岔，多美丽！地方出金子，冬天也有人在水中淘金子！我生平还是第一次看到这样好看地方的。气派大方而又秀丽，真是个怪地方。千家积雪，高山皆作紫色，疏林绵延三四里，林中皆是人家的白屋顶。我船便在这种景致中，快快地在水面上跑。我为了看山看水，也忘掉了手冷身上冷了。什么唐人宋人画都赶不上。看一年也不会讨厌。船就要上滩了，我等等再写。这信让四丫头先看，因为她看了才会把她的送给你看。

二哥

十五下二时半

第二辑

苍生何茫茫

我所生长的地方

拿起我这支笔来，想写点我在这地面上二十年所过的日子，所见的人物，所听的声音，所嗅的气味；也就是说我真真实实所受的人生教育，首先提到一个我从那儿生长的边疆僻地小城时，实在不知道怎样来着手就较方便些。我应当照城市中人的口吻来说，这真是一个古怪地方！只由于两百年前满人治理中国土地时，为镇抚与虐杀残余苗族，派遣了一队戍卒屯丁驻扎，方有了城堡与居民。这古怪地方的成立与一切过去，有一部《苗防备览》记载了些官方文件，但那只是一部枯燥无味的官书。我想把我一篇作品里所简单描绘过的那个小城，介绍到这里来。这虽然只是一个轮廓，但那地方一切情景，却浮凸起来，仿佛可用手去摸触。

一个好事人，若从一百年前某种较旧一点的地图上去寻找，当可在黔北、川东、湘西一处极偏僻的角隅上，发现了一个名为“镇筸”的小点。那里同别的小点一样，事实上应当有一个城市，在那城市中，安顿下三五千人口。不过一切城市的存在，大部分皆在交通、物产、经济活动情形下面，成为那个城市枯荣的因缘，这一个地方，却以另外一种意义无所依附而独立存在。试将那个用粗糙而坚实巨大石头砌成的圆城作为中心，向四方展开，围绕了这边疆僻地的孤城，约有五百左右的碉堡，二百左右的营汛。碉堡各用大石块堆成，位置在山顶头，随了山岭脉络蜿蜒各处走去；营汛各位置在驿路上，布置得极有秩序。这些东西在一百八十年前，是按照一种精密的计划，各保持相当距离，在周围数百里内，平均分配下来，解决了退守一隅常作“蠢动”的边苗“叛变”的。两世纪来满清的暴政，以及因这暴政而引起的反抗，血染红了每一条官路同每一个碉堡。到如今，一切完事了，碉堡多数业已毁掉了，营汛多数成为民房了，人民已大半同化了。落日黄昏时节，站到那个巍然独在万山环绕的孤城高处，眺望那些远近残毁碉堡，还可依稀想见当时角鼓火炬传警告急的光景。这地方到今日，已因为变成另外一种军事重心，一切皆用一种迅速的姿势在改变，在进步，同时这种进步，也就正消灭到过去一切。

凡有机会追随了屈原溯江而行那条常年澄清的沅

白石桥畔柳下绿荷

碧云天下水上人家

水，向上游去的旅客和商人，若打量由陆路入黔入川，不经古夜郎国，不经永顺、龙山，都应当明白“镇”是个可以安顿他的行李最可靠也最舒服的地方。那里土匪的名称不习惯于一般人的耳朵。兵卒纯善如平民，与人无侮无扰。农民勇敢而安分，且莫不敬神守法。商人各负担了花纱同货物，洒脱地单独向深山中村庄走去，与平民做有无交易，谋取什一之利。地方统治者分数种：最上为天神，其次为官，又其次才为村长同执行巫术的神的侍奉者。人人洁身信神，守法爱官。每家俱有兵役，可按月各自到营上领取一点银子，一份米粮，且可从官家领取二百年前被政府所没收的公田耕耨播种。城中人每年各按照家中有无，到天王庙去杀猪，宰羊，磔狗，献鸡，献鱼，求神保佑五谷的繁殖，六畜的兴旺，儿女的长成，以及作疾病婚丧的禳解。人人皆依本分担负官府所分派的捐款，又自动地捐钱与庙祝或单独执行巫术者。一切事保持一种淳朴习惯，遵从古礼；春秋二季农事起始与结束时，照例有年老人向各处人家敛钱，给社稷神唱木傀儡戏。旱暵祈雨，便有小孩子共同抬了活狗，带上柳条，或扎成草龙，各处走去。春天常有春官，穿黄衣各处念农事歌词。岁暮年末，居民便装饰红衣傩神于家中正屋，捶大鼓如雷鸣，苗巫穿鲜红如血衣服，吹镂银牛角，拿铜刀，踊跃歌舞娱神。城中的住民，多当时派遣移来的戍卒屯丁，此外则有江西人在此卖布，福建人在此卖烟，广东人在此卖药。地方由少数读书人与多数军官，在政治上与婚姻上两面的结合，产生一个上层阶级，这阶级一方面用一种保守稳健的政策，长时期管理政治，一方面支配了大部分属于私有的土地；而这阶级的来源，却又仍然出于当年的戍卒屯丁。地方城外山坡上产桐树杉树，矿坑中有朱砂水银，松林里生菌子，山洞中多硝。城乡全不缺少勇敢忠诚适于理想的兵士，与温柔耐劳适于家庭的妇人。在军校阶级厨房中，出异常可口的菜饭，在伐树砍柴人口中，出热情优美的歌声。

地方东南四十里接近大河，一道河流肥沃了平衍的两岸，多米，多橘柚。西北二十里后，即已渐入高原，近抵苗乡，万山重叠。大小重叠的山中，大杉树以长年深绿逼人的颜色，蔓延各处。一道小河从高山绝涧中流出，汇集了万山细流，沿了两岸有杉树林的河沟奔驶而过，农民各就河边编缚竹子作成水车，引河中流水，灌溉高处的山田。河水常年清澈，其中多鳜鱼，鲫鱼，鲤鱼，大的比人脚板还大。河岸上那些人家里，常常可以见到白脸长身见人善作媚笑的女子。小河水流环绕“镇”北城下驶，到一百七十里后方汇入辰河，直抵洞庭。

这地方又名凤凰厅，到民国后便改成了县治，名凤凰县。辛亥革命后，湘西镇守使与辰沅道皆驻节在此地。地方居民不过五六千，驻防各处的正规兵士却有七千。由于环境的不同，直到现在其地绿营兵役制度尚保存不废，为中国绿营军制惟一残留之物。

我就生长到这样一个小城里，将近十五岁时方离开。出门两年半回过那小城一次以后，直到现在为止，那城门我不曾再进去过。但那地方我是熟悉的。现在还有许多人生活在那个城市里，我却常常生活在那个小城过去给我的印象里。

一个多情水手与一个多情妇人

01

我的小表到了七点四十分时，天光还不很亮。停船地方两山过高，故住在河上的人，睡眠仿佛也就可以多些了。小船上水手昨晚上吃了我五斤河鱼，吃过了鱼，大约还记得着那吃鱼的原因，不好意思再睡，这时节业已起身，卷了铺盖，在烧水扫雪了。两个水手一面工作一面用野话编成韵语骂着玩着，对于恶劣天气与那些昨晚上能晃着火炬到有吊脚楼人家去同宽脸大奶子妇人纠缠的水手，含着无可奈何的妒嫉。

大木筏都得天明时漂滩，正预备开头，寄宿在岸上的人已陆续下了河，与宿在筏上的水手们，共同开始从各处移动木料，筏上有斧斤声与大摇槌嘭嘭的敲打木桩声音。许多在吊脚楼寄宿的人，从妇人热被里脱身，皆在河滩大石间跟跄走着，回归船上。妇人们恩情所结，也多和衣靠着窗边，与河下人遥遥传述那种种“后会有期各自珍重”的话语。很显然的事，便是这些人从昨夜那点露水恩情上，已经各在那里支付分上一把眼泪与一把埋怨。想到这眼泪与埋怨，如何揉进这些人的生活中，成为生活之一部分时，使人心中柔和得很！

第一个大木筏开始移动时，约在八点左右。木筏四隅数十支大桡，泼水而前，筏上且起了有节奏的“唉”声。接着又移动了第二个。……木筏上的桡手，各在微明中画出一个黑色的轮廓。木筏上某一处必扬着一片红红的火光，火堆旁必有人正蹲下用钢罐煮水。

我的小船到这时节一切业已安排就绪，也行将离岸，向长潭上游溯江而上了。

只听到河下小船邻近不远某一只船上，有个水手哑着嗓子喊人：

“牛保，牛保，不早了，开船了呀！”

许久没有回答，于是又听那个人喊道：“牛保，牛保，你不来当真船开动了！”

再过一阵，催促的转而成为辱骂，不好听的话已上口了。“牛保，牛保，狗×的，你个狗就见不得河街女人的×！”

吊脚楼上那一个，到此方仿佛初从好梦中惊醒，从热被里妇人手臂中逃出，光身跑到窗边来答着：

“宋宋，宋宋，你喊什么？天气还早咧。”

“早你的娘，人家木簰全开了，你 × 了一夜还尽不够！”

“好兄弟，忙什么？今天到白鹿潭好好地喝一杯！天气早得很！”

“早得很，哼，早你的娘！”

“就算是早我的娘吧。”

最后一句话，不过是我想象的。因为河岸水面那一个，虽尚呶呶不已，楼上那一个却业已沉默了。

02

大约这时节那个妇人还卧在床上，也开了口，“牛保，牛保，你别理他，冷得很！”因此即刻又回到床上热被里去了。

只听到河边那个水手喃喃地骂着各种野话，且有意识把船上家伙撞磕得很响。我心想：这是个什么样子的人，我倒应该看看他。且很希望认识岸上那一个。我知道他们那只船也正预备上行，就告给我小船上水手，不忙开头，等等同那只船一块儿开。

不多久，许多木筏离岸了，许多下行船也拔了锚，推开篷，着手荡桨摇橹了。我卧在船舱中，就只听到水面人语声，以及橹桨激水声，与橹桨本身被扳动时咿咿哑哑声。河岸吊脚楼上妇人在晓气迷濛中锐声地喊人，正如同音乐中的笙管一样，超越众声而上。河面杂声的综合，交织了庄严与流动，一切真是一个圣境。

我出到舱外去站了一会。天已亮了，雪已止了，河面寒气逼人。眼看这些船筏各戴上白雪浮江而下，这里那里扬着红红的火焰同白烟，两岸高山则直矗而上，如对立巨魔，颜色淡白，无雪处皆作一片墨绿。奇景当前，有不可形容的瑰丽。

一会儿，河面安静了。只剩下几只小船同两片小木筏，还无开头意思。

河岸上有个蓝布短衣青年水手，正从半山高处人家下来到一只小船上去。因为必须从我小船边过身，故我把这人看得清清楚楚。大眼，宽脸，鼻子短，宽阔肩膊下挂着两只大手（手上还提了一个棕衣口袋，里面填得满满的），走路时肩背微微向前弯曲，看来处处皆证明这个人是一个能干得力的水手！我就冒昧地喊他，同他说话：

“牛保，牛保，你玩得好！”

谁知那水手当真就是牛保。

那家伙回过头来看看是我叫他，就笑了。我们的小船好几天以来，皆一同停泊，一同启碇，我虽不认识他，他原来早就认识了我的。经我一问，他有点害羞起来了。他把那口袋举起带笑说道：

“先生，冷呀！你不怕冷吗？我这里有核桃，你要不要吃核桃？”

我以为他想卖给我些核桃，不愿意扫他的兴，就说我要，等等我一定向他买些。

他刚走到他自己那只小船边，就快乐地唱起来了。忽然税关复查处比邻吊脚楼人家窗口，露出一个年青妇人鬓发散乱的头颅，向河下人锐声叫将起来：

“牛保，牛保，我同你说的话，你记着吗？”

年青水手向吊脚楼一方把手挥动着。

“唉，唉，我记得到！……冷！你是怎么的啊！快上床去！”大约他知道妇人起身到窗边时，是还不穿衣服的。

妇人似乎因为一番好意不能使水手领会，有点不高兴的神气。

“我等你十天，你有良心，你就来——”说着，嘭的一声把格子窗放下了。这时节眼睛一定已红了。

那一个还向吊脚楼喃喃说着什么，随即也上了船。我看看，那是一只深棕色的小货船。

03

我的小船行将开头时，那个青年水手牛保却跑来送了一包核桃。我以为他是拿来卖给我的，赶快取了一张值五角的票子递给他。这人见了钱只是笑。他把钱交还，把那包核桃从我手中抢了回去。

“先生，先生，你买我的核桃，我不卖！我不是做生意人。（他把手向吊脚楼指了一下，话说得轻了些。）那婊子同我要好，她送我的。送了我那么多，还有栗子，干鱼。还说了许多痴话，等我回来过年咧。……”

慷慨原是辰河水手一种通常的性格。既不要我的钱，皮箱上正搁了一包烟台苹果，我随手取了四个大苹果送给他，且问他：

“你回不回来过年？”

他只笑嘻嘻地把头点点，就带了那四个苹果飞奔而去。我要水手开了船。小船已开到长潭中心时，忽然又听到河边那个哑嗓子在喊嚷：

“牛保，牛保，你是怎么的？我×你的妈，还不下河，我翻你的三代，还……”

一会儿，一切皆沉静了，就只听到我小船船头分水的声音。

听到水手的辱骂，我方明白那个快乐多情的水手，原来得了苹果后，并不即返船，仍然又到吊脚楼人家去了。他一定把苹果献给那个妇人，且告给妇人这苹果的来源，说来说去，到后自然又轮着来听妇人说的痴话，所以把下河的时间完全忘掉了。

小船已到了辰河多滩的一段路程，长潭尽后就是无数大滩小滩。河水半月来已落下六尺，雪后又照例无风，较小船只即或可以不从大漕上行，沿着河边浅水处走去也依然十分费事。水太干了，天气又实在太冷了点。我伏在舱口看水手们一面骂野话，一面把长篙向急流乱石间掷去，心中却念及那个多情水手，船上滩时浪头俨然只想把船上人攫走。水流太急，故常常眼看业已到了滩头，过了最紧要处，但在抽篙换篙之际，忽然又会为急流冲下。海水又大又深，大浪头拍岸时常如一个小山，但它总使人觉得十分温和。河水可同一般火，太热情了一点，时时刻刻皆想把人攫走，且仿佛完全只凭自己意见作去。但古怪的是这些弄船人，他们逃避激流同漩水的方法十分巧妙。他们得靠水为生，明白水，比一般人更明白水的可怕处；但他们为了求生，却在每个日子里每一时间皆有向水中跳去的准备。小船一上滩时，就不能不向白浪里钻去，可是他们却又必有方法从白浪里找到出路。

在一个小滩上，因为河面太宽，小漕河水过浅，小船缆绳不够长不能拉纤，必需尽手足之力用篙撑上，我的小船一连上了五次皆被急流冲下。船头全是水。到后想把船从对河另一处大漕走去，漂流过河时，从白浪中钻出钻进，篷上也沾了水。在大漕中又上了两次，还花钱加了个临时水手，方把这只小船弄上滩。上过滩后问水手是什么滩，方知道这滩名“骂娘滩”（说野话的滩！）。即或是父子弄船，一面弄船也一面得互骂各种野话，方可以把船弄上滩口。

一整天小船尽是上滩，我一面欣赏那些从船舷驰过急于奔马的白浪，一面便用船上的小斧头，剥那个风流水手见赠的核桃吃。

04

我估想这些硬壳果，说不定每一颗还都是那吊脚楼妇人亲手从树上摘下，用鞋底揉去一层苦皮，再一一加以选择，放到棕衣口袋里来的。望着那些棕色碎壳，那妇人说的“你有良心你就赶快来”一句话，也就尽在我耳边响着。那水手虽然这时节或许正在急水滩头趴伏到石头上拉船，或正脱了裤子涉水过溪，一定却记忆着吊脚楼妇人的一切，心中感觉十分温暖。每一个日子的过去，便使他与那妇人接近一点点。十天完了，过年了，那吊脚楼上，照例门楣上全贴了红喜钱，被捉的雄鸡啊呵呵呵地叫着。雄鸡宰杀后，把它向门角落抛去，只听到翅膀扑地的声音。锅中蒸了一笼糯米，热气腾腾地倒入大石臼中，两人就开始在大石臼里捣将起来。一切事都是两个人共力合作，一切工作中都掺合有笑谑与善意的诅咒。于是当真过年了。又是叮咛与眼泪，在一分长长的日子里有所期待，留在船上另一个放声的辱骂催促着，方下了船，又是核桃与栗子，干鲤鱼与……

到了午后，天气太冷，无从赶路。时间还只三点左右，我的小船便停泊了。停泊地方名为杨家岨。依然有吊脚楼，飞楼阁悬在半山中，结构美丽悦目。小船傍在大石边，只须一跳就可以上岸。岸上吊脚楼前枯树边，正有两个妇人，穿了毛蓝布衣裳，不知商量些什么，幽幽地说着话。这里雪已极少，山头皆裸露作深棕色，远山则为深紫色。

地方静得很，河边无一只船，无一个人，无一堆柴。不知河边哪一块大石后面有人正在捶捣衣服，一下一下地捣。对河也有人说话，却看不清楚人在何处。

05

小船停泊到这些小地方，我真有点担心。船上那个壮年水手，是一个在军营中开过小差做过种种非凡事情的人物，成天在船上只唱着“过了一天又一天，心中好似滚油煎”，若误会了我箱中那些带回湘西送人的信笺信封，以为是值钱的东西，在唱过了埋怨生活的戏文以后，转念头来玩个新花样，说不定我还不及被询问“吃板刀面或吃云吞”以前，就被他解决了。这些事我倒不怎么害怕，凡是蠢人做出的事我不知道甚么叫吓怕的。只是有点儿担心，因为若果这个人做出了这种蠢事，我完了，他跑了，这地方可糟了。地方既属于我那些同乡军官大老管辖，把他们可忙坏了。

我盼望牛保那只小船赶来，也停泊到这个地方，一面可以不用担心，一面还可以同这个有人性的多情水手谈谈。

直等到黄昏，方来了一只邮船，靠着小船下了锚。过不久，邮船那一面有个年青水手嚷着要支点钱上岸去吃“荤烟”，另一个管事的却不允许，两人便争吵起来了。只听到年青的那一个呶呶絮语，声音神气简直同大清早上那个牛保一个样子。到后来，这个水手负气，似乎空着个荷包，也仍然上岸过吊脚楼人家去了。过了一会还不见他回船，我很想知道一下他到了那里做些甚么事情，就要一个水手为我点上一段废缆，晃着那小小火把，引导我离了船，爬了一段小小山路，到了所谓河街。

五分钟后，我与这个穿绿衣的邮船水手，一同坐到一个人家正屋里火堆旁，默默地在烤火了。面前一个大油松树根株，正伴同一饼油渣，熊熊地燃着快乐的火焰。间或有人用脚或树枝拨了那么一下，便有好看的火星四散惊起。主人是一个中年妇人，另外还有两个老妇人，不断向水手提出种种问题，且把关于下河的油价，木价，米价，盐价，一件一件来询问他。他却很散漫地回答，只低下头望着火堆。从那个颈项同肩膊，我认得这个人性格同灵魂，竟完全同早上那个牛保一样。我明白他沉默的理由，一定是船上管事的不给他钱，到岸上来赊烟不到手。他那闷闷不乐的神气，可以说是很妩媚。我心想请他一次客，又不便说出口。到后机会却来了。

门开处进来了一个年事极轻的妇人，头上裹着大格子花布首巾，身穿葱绿色土布袄子，系一条蓝色围裙，胸前还绣了一朵小小白花。

那年轻妇人把两只手插在围裙里，轻脚轻手进了屋，就站在中年妇人身后。说真话，这个女人真使我有点儿惊讶。

06

我似乎在什么地方另一时节见着这样一个人，眼目鼻子皆仿佛十分熟习。若不是当真在某一处见过，那就必定是在梦里了。公道一点说来，这妇人是个美丽得很的生物！

最先我以为这小妇人是无意中撞来玩玩，听听从下河来的客人谈谈下面事情，安慰安慰自己寂寞的。可是一瞬间，我却明白她是为另一件事而来的了。屋主人要她坐下，她却不肯坐下，只把一双放光的眼睛尽瞅着我，待到我抬起头去望她时，那眼睛却又赶快逃避了。她在一个水手面前一定没有这种羞怯，为这点羞怯我心中有点儿惆怅，引起了点儿怜悯。这怜悯一半给了这个小妇人，却留下一半给我自己。

那邮船水手眼睛为小妇人放了光，很快乐地说：

“夭夭，夭夭，你打扮得真像个观音！”

那女人抿嘴笑着不理会，表示这点阿谀并不希罕，一会儿方轻轻地说：

“我问你，白师傅的大船到了桃源不到？”

邮船水手回答了，妇人又轻轻的问：

“杨金保的船？”

邮船水手又回答了，妇人又继续问着这个那个。我一面向火一面听他们说话，却在心中计算一件事情。小妇人虽同邮船水手谈到岁暮年末水面上的情形，但一颗心却一定在另外一件事情上驰骋。我几乎本能地就感到了这个小妇人是正在对我感到特别兴趣。不用惊奇，这不是希奇事情。我们若稍懂人情，就会明白一张为都市所折磨而成的白脸，同一件称身软料细毛衣服，在一个小家碧玉心中所能引起的是一种如何幻想，对目前的事也便不用多提了。

对于身边这个小妇人，也正如先前一时对于身边那个邮船水手一样，我想不出用个甚么方法，就可以使这个有了点儿野心与幻想的人，得到她所要得到的东西。其实我在两件事上皆不能再吝啬了，因为我对于他们皆十分同情。但试想想看，倘若这个小妇人所希望的是我本身，我这点同情，会不会引起五千里外另一个人的苦痛？

我笑了……假若我给这水手一笔钱，让这小妇人同他谈一个整夜？

我正那么计算着，且安排如何来给那个邮船水手的钱，使他不至于感觉难为情。忽然听那年轻妇人问道：

“牛保那只船？”

那邮船水手吐了一口气，“牛保的船吗，我们一同上骂娘滩，溜了四次。末后船已上了滩，那拦头的伙计还同他在互骂，且不知为什么互相用篙子乱打乱刺起来，船又溜下滩去了。看那样子不是有一个人落水，就得两个人同时落水。”有谁发问：

“为甚么？”

邮船水手感慨似的说：“还不是为那一张×！”

几人听着这件事，皆大笑不已。那年轻小妇人，却长长地吁了一口气。

07

忽然河街上有个老年人嘶声地喊人：

对峰鸟飞绝

飞流水涛声

“夭夭小婊子，小婊子婆，卖×的，你是怎么的，夹着那两片小×，一眨眼又跑到哪里去了！你来！……”

小妇人听门外街口有人叫她，把小嘴收敛做出一个爱娇的姿势，带着不高兴的神气自言自语说：“叫骡子又叫了。你就叫吧。夭夭小婊子偷人去了！投河吊颈去了！”咬着下唇很有情致地盯了我一眼，拉开门，放进了一阵寒风，人却冲出去，消失到黑暗中不见了。

那邮船水手望了望小妇人去处那扇大门，自言自语地说：“小婊子偏偏嫁老烟鬼，天晓得！”

于是大家便来谈说刚才走去那个小妇人的一切。屋主中年妇人，告给我那小妇人年纪还只十九岁，却为一个年过五十的老兵所占有。老兵原是一个烟鬼，虽占有了她，只要谁有土有财就让床让位。至于小妇人呢，人太年轻了点，对于钱毫无用处，却似乎常常想得很远很远。屋主人且为我解释很远很远那句话的意思，给我证明了先前一时我所感觉到的一件事情的真实。原来这小妇人虽生在不能爱好的环境里，却天生有种爱好的性格。老烟鬼用名分缚着了她的身体，然而那颗心却无从拘束。一只船无意中在码头边停靠了，这只船又恰恰有那么一个年青男子，一切派头都和水手不同，夭夭那颗心，将如何为这偶然而来的人跳跃！屋主人所说的话，增加了我对于这个年轻妇人的关心。我还想多知道一点，请求她告给我，我居然又知道了些不应当写在纸上的事情。到后来，谈起命运，那屋主人沉默了，众人也沉默了。各人眼望着熊熊的柴火，心中玩味着“命运”这个字的意义，而且皆俨然有一点儿痛苦。

我呢，在沉默中体会到一点“人生”的苦味。我不能给那个小妇人甚么，也再不做给那水手一点点钱的打算了。我觉得他们的欲望同悲哀都十分神圣，我不配用钱或别的方法渗进他们命运里去，扰乱他们生活上那一份应有的哀乐。

下船时，在河边我听到一个人唱《十想郎》小曲，曲调卑陋声音却清圆悦耳。我知道那是由谁口中唱出且为谁唱的。我站在河边寒风中痴了许久。

五个军官与一个煤矿工人

辰河弄船人有两句口号，旅行者无人不十分熟习。那口号是："走尽天下路，难过辰溪渡。"事实上辰溪渡也并不怎样难过，不过弄船人所见不广，用纵横长约千里路一条辰河与七个支流小河作准，因此说出那么两句天真话罢了。地险人蛮却为一件事实。但那个地方，任何时节实在是一个令人神往倾心的美丽地方。

辰溪县的位置，恰在两条河流的交汇处，小小石头城临水倚山，建立在河口滩脚崖壁上。河水深到三丈尚清可见底。河面长年来往着湘黔边境各种形体美丽的船只。山头为石灰岩，无论晴雨，总可见到烧石灰人窑上飘扬的青烟与白烟。房屋多黑瓦白墙，接瓦连椽紧密如精巧图案。对河与小山城成犄角，上游是一个三角形小阜，阜上有修船造船的干坞与宽坪。位在下游一点，则为一个三角形黑色山岨，濒河拔峰，山脚一面接受了沅水激流的冲刷，一面被麻阳河长流的淘洗，岩石玲珑透空。半山有个壮丽辉煌的庙宇，名“丹山寺”，庙宇外岩石间且有成千大小不一的浮雕石佛。太平无事的日子，每逢佳节良辰，当地驻防长官，县知事，小乡绅及商会主席，税局一头目，便乘小船过渡到那个庙宇里饮酒赋诗或玩牌下棋。在那个悬岩半空的庙里，可以眺望上行船的白帆，听下行船摇橹人唱歌。街市尽头下游便是一个长潭，名“斤丝潭”，历来传说，水深到放一斤丝线才能到底。两岸皆五色石壁，矗立如屏障一般。长潭中日夜必有成百只打渔船，载满了黑色沉默的鱼鹰，浮在河面取鱼。小船�流而渡，艰难处与美丽处实在可以平分。

地方又出煤炭，是湘西著名产煤区。似乎无处无煤，故山前山后随处可见到用土法开掘的煤井。沿河两岸常有运煤船停泊，码头间无时不有若干黑脸黑手脚汉子，把大块烟煤运送到船上，向船舱中抛去。若过一个取煤斜井边去，就可见到无数同样黑脸黑手脚人物，全身光裸，腰前围上一片破布，头上戴了一盏小灯，向那个俨若地狱的黑井爬进爬出。矿坑随时皆可以坍陷或被水灌入，坍了，淹了，这些到地狱讨生活的人自然也就完事了。

矿区同小山城各驻扎了相当军队。七年前，有一天晚上，一名哨兵扛了枪支，正从一个废弃了的煤井前面经过，忽然从黑暗里跃出了一个煤矿工人，一菜刀把那个哨兵头颅劈成两片。这煤矿工人很敏捷地把枪支同子弹取下后，便就近埋藏在煤渣里。哨兵尸身被拖到那个浸了半井黑水的煤井边，冬的一声抛下去了。这个哨兵失了踪，军营里当初还以为人开了小差，照例下令各处通缉。直等到两个半月以后，尸身为人在无意中发现时，那个狡猾强悍的煤矿工人，在辰溪与芷江两县交界处的土匪队伍中称小舵把子，干打家劫舍捉肥羊的生涯已多日了。

三年后，这煤矿工人带领了约两千穷人，又在一种十分敏捷的手段下，占领了那个辰溪的小山城。防军受了相当损失，把其余部队集中在对河产煤区，准备反攻。一切船只不是逃往下游便是被防军扣留，河面一无所有，异常安静。上下行商船一律停顿到上下三五十里码头上，最美观的木筏也不能在河面见着了。煤矿全停顿了，烧石灰人也逃走了。白日里静悄悄的，只间或还可听到一两声哨兵放冷枪声音。每日黄昏里及天明前后，两方面都担心敌人渡河袭击，便各在河边燃了大大的火堆，且把机关枪毕毕剥剥地放了又放。当机关枪如拍簸箕那么反复作响时，一些逃亡在山坳里的平民，以及被约束在一个空油坊里的煤矿工人，便各在沉默里，从枪声方面估计两方的得失。多数人虽明白这战争不出一个月必可结束，落草为寇的仍然逃入深山，驻防的仍然收复了原有防地。但这战事一延长，两方面的牺牲，谁也就不能估计得到了。

每次机关枪的响声下，照例必有防军方面渡江奇袭的船只过河。照例是五个八个一伙伏在船舱里，把水湿棉絮同砂包垒积到船头与船旁，乘黄昏天晓薄雾平铺江面时揾流偷渡。

船只在沉默里行将到达岸边时，在强烈的手电筒搜索中被发现了，于是响了机关枪。船只仍然不顾一切在沉默中向岸边划去。再过一会，訇的一声，从船上掷出的手榴弹已抛到岸边哨兵防御工事边。接着两方面皆起了机关枪声音，手榴弹也继续爆炸着。再过一阵，枪声已停止，很显然的，渡河的在猛烈炮火下，地势不利失败了。这些人或连同船只沉到水中去了，或已拢岸却依然在悬崖下牺牲了。或被炮火所逼，船中人死亡将尽，剩余一个两个受了伤，尽船只向下游漂去，在五里外的长潭中，方有机会靠拢自己防地那一个岸边。

半月以内，防军在渡头上下三里前后牺牲了大约有三连实力，与三十七只大小船只。到后却有五个教导团的年轻学兵，在大雨中带了五支自动步枪，一堆手榴弹，三支连槽，用竹筏渡河，拢岸时，首先占领了土匪沿河一个重要码头，其余竹筏已陆续渡河，从占领处上了岸。在一场剧烈凶猛巷战中，那矿工统率的穷人队伍不能支持，在街头街尾一些公共建筑各处放了火，便带了残余部众，绑着县长同几个当地绅士，向东乡逃跑了。

三个月内，防军在继续追剿中，解决了那个队伍全部的实力，肉票也皆被夺回了。但那个矿工出身土匪首领的漏网，却成为地方当局忧虑不安的事情。到后来虽悬赏探听明白了他的踪迹，却无方法可以诱出逮捕。

五个青年教导团学兵，那时节业已毕业，升了各连的见习，尚未归连。就请求上司允许他们冒一次险，且向上司说明这冒险的计划。

七天以后，辰溪沅州两县边境名为“窑上”的地方，一个制砖人小饭铺里，就有五个人吃饭。五个人全作贵州商人装束，其中有四个各扛了小扁担，扛了担贵州出产的松皮纸。只一人挑了一担有盖箩筐。这制砖人年纪已开六十岁，早为防军侦探明白是那个矿工的通信联络人。年青人把饭吃过后，几人便互相商量到一件事情。所说的话自然就是故意想让那老头子从一旁听去的话。这时节几个人正装扮成为一群从黔省来投靠那矿工的零伙，箩筐里白米下放的是一支已拆散了的捷克式轻机关枪同若干发子弹。箩筐中真是那玩意儿！几人一面说，一面埋怨这次来到这里的冒昧处。一片谎话把那个老奸巨猾的心说动了后，那老的搭讪着问了些闲话，相信几人真是来卖身投靠的同道了，就说他会卜课。他为卜了一课，那卦上说，若找人，等等向西方走去，一定可以遇到他们所要见的人。等待几人离开了饭铺向西走去时，制砖人早把这个消息递给了另一方面。两方面都十分得意，以为对面的一个上了套。

因此几个人不久就同一个“管事”在街口会了面。稍稍一谈，把箩筐盖甩去一看，机关枪赫然在箩筐里。管事的再不能有何种疑虑了。就邀约五个人入山去见“龙头”，吃血酒发誓，此后便祸福与共，一同作梁山上弟兄。几个年青人却说“光棍心多，请莫见怪”，以为最好倒是约“龙头”来窑上吃血酒发誓，再共同入山。管事的走去后，几个人就依然住在窑上制砖人家里等候消息。

第二天，那个机智结实矿工，带领四个散伙弟兄来到了窑上，见面后，很亲热地一谈，见得十分投契。点了香烛，杀了鸡，把鸡血开始与烧酒调和，各人正预备喝下时，在非常敏捷行为中，五个年青人各从身边取出了手枪同小宝（解首刀）动起手来，几个从山中来的豹子，在措手不及情形中全被放翻了。那矿工最先手臂和大腿各中了一枪，早躺在地下血泊里，等到其他几个人倒下时，那矿工就冷冷地向那五个年青人笑着说：

“弟兄，弟兄，你们手脚真麻利！慢一会儿，就应归你们躺到这里了。我早就看穿了你们的鬼计，明白你们是从哪儿来的卖客，好胆量！”

几个年青人不说甚么，在沉默里把那些被放翻在地下的人首级一一割下。轮到矿工时，那矿工仍然十分沉静地说：

“弟兄，弟兄，不要尽做蠢事，留一个活口，你们好回去报功！”

五个年青人心想，真应该留一个活的，“好去报功”！就不说甚么，把他捆绑起来。

一会儿，五个年青人便押了受伤的矿工，且勒迫那个制砖的老头子挑了四个人头，沉默的一列回辰溪县了。走到去辰溪不远的白羊河时，几人上了一只小船。

船到了辰溪上游约三里路，那个受伤的矿工又开了口：

“弟兄，弟兄，一切是命。你们运气好，手面子快，好牌被你们抓上手了。那河边煤井旁，我还埋了四支连槽，爽性助和你们，你们谁同我去拿来吧。”

那煤矿原来去山脚不远，来回有二十分钟就可以了事。五个年青人对于这提议毫不疑惑。矿工既已身受重伤，无法逃遁，四支连槽照市价值一千块钱，引起了几个年青人的幻想，商量派谁守船都不成，于是五个人就又押了那个受伤矿工与制砖老头子，一同上了岸。走近一个废坑边，那矿工却说，枪支就埋在坑前左边一堆煤渣里。正当几个人争着去翻动煤渣寻取枪支时，矿工一瘸一拐地走近了那个业已废弃多年的矿井边，声音朗朗地从容地说道：

“弟兄，弟兄，对不起，你们送了我那么多远路，有劳有偏了！”

话一说完，猛然向那深井里跃去。几个人赶忙抢到井边时，只听到冬的一声，那矿工便完事了。

五个青年人呆了许久，骂了许久，皆觉得被骗了一次，白忙了一阵。那废井深约四十米，有一半已灌了水。七年前那个哨兵，就是被矿工从这个井口抛下去的。

在另外一个篇章里，我不是曾经说过我抵辰州时，第一天就见着五个少年军官吗？当他们和我共同围坐在一个火炉边，向我说到他们的冒险，和那矿工临死前那分镇静时，我简直呆了。我问他们，为甚么当时不派个人拉着那矿工的绳子。

“拉他的绳子吗？你真说得好。当真拉住他，谁拉他谁不就同时被带下井去了吗？”说这个话的年轻朋友，原来就正是当时被派定看守矿工的一个，为了忙于发现埋藏的手枪，幸而不至于被拉下井的。

鸭窠围的夜

天快黄昏时落了一阵雪子，不久就停了。天气真冷，在寒气中一切都仿佛结了冰。便是空气，也像快要冻结的样子。我包定的那一只小船，在天空大把撒着雪子时已泊了岸。从桃源县沿河而上这已是第五个夜晚。看情形晚上还会有风有雪，故船泊岸边时便从各处挑选好地方。沿岸除了某一处有片沙岨宜于泊船以外，其余地方全是黛色如屋的大岩石。石头既然那么大，船又那么小，我们都希望寻觅得到一个能作小船风雪屏障，同时要上岸又还方便的处所。凡是可以泊船的地方早已被当地渔船占去了。小船上的水手，把船上下各处撑去，钢钻头敲打着沿岸大石头，发出好听的声音，结果这只小船，还是不能不同许多大小船只一样，在正当泊船处插了篙子，把当作锚头用的石碇抛到沙上去，尽那行将来到的风雪，摊派到这只船上。

这地方是个长潭的转折处，两岸是高大壁立千丈的山，山头上长着小小竹子，长年翠色逼人。这时节两山只剩余一抹深黑，赖天空微明为画出一个轮廓。但在黄昏里看来如一种奇迹的，却是两岸高处去水已三十丈上下的吊脚楼。这些房子莫不俨然悬挂在半空中，借着黄昏的金光，还可以把这些希奇的楼房形体，看得出个大略。这些房子同沿河一切房子有个共通相似处，便是从结构上说来，处处显出对于木材的浪费。房屋既在半山上，不用那么多木料，便不能成为房子吗？半山上也用吊脚楼形式，这形式是必须的吗？然而这条河水的大宗出口是木料，木材比石块还不值价。因此，即或是河水永远长不到处，吊脚楼房子依然存在，似乎也不应当有何惹眼惊奇了。但沿河因为有了这些楼房，长年与流水斗争的水手，寄身船中枯闷成疾的旅行者，以及其他过路人，却有了落脚处了。这些人的疲劳与寂寞是从这些房子中可以一律解除的。地方既好看，也好玩。

河面大小船只泊定后，莫不点了小小的油灯，拉了篷。各个船上皆在后舱烧了火，用铁鼎罐煮红米饭。饭焖熟后，又换锅子熬油，哗的把菜蔬倒进热锅里去。一切齐全了，各人蹲在舱板上三碗五碗把腹中填满后，天已夜了。水手们怕冷怕冻的。收拾碗盏后，就莫不在舱板上摊开了被盖，把身体钻进那个预先卷成一筒又冷又湿的硬棉被里去休息。至于那些想喝一杯的，发了烟瘾得靠靠灯，船上烟灰又翻尽了的，或一无所为，只是不甘寂寞，好事好玩想到岸上去烤烤火谈谈天的，便莫不提了桅灯，或燃一段废缆子，摇晃着从船头跳上了岸，从一堆石头间的小路径，爬到半山上吊脚楼房子那边去，找寻自己的熟人，找寻自己的熟地。陌生人自然也有来到这条河中来到这种吊脚楼房子里的时节，但一到地，在火堆旁小板凳上一坐，便是陌生人，即刻也就可以称为熟人乡亲了。

这河边两岸除了停泊有上下行的大小船只三十左右以外，还有无数在日前趁融雪涨水放下形体大小不一的木筏。较小的木筏，上面供给人住宿过夜的棚子也不见，一到了码头，便各自上岸找住处去了。大一些的木筏呢，则有房屋，有船只，有小小菜园与养猪养鸡栅栏，还有女眷和小孩子。

黑夜占领了全个河面时，还可以看到木筏上的火光，吊脚楼窗口的灯光，以及上岸下船在河岸大石间飘忽动人的火炬红光。这时节岸上船上都有人说话，吊脚楼上且有妇人在黯淡灯光下唱小曲的声音，每次唱完一支小曲时，就有人笑嚷。甚么人家吊脚楼下有匹小羊叫，固执而且柔和的声音，使人听来觉得忧郁。我心中想着，“这一定是从别一处牵来的，另外一个地方，那小畜生的母亲，一定也那么固执地鸣着吧。”算算日子，再过十一天便过年了。“小畜生明不明白只能在这个世界上活过十天八天？”明白也罢，不明白也罢，这小畜生是为了过年而赶来，应在这个地方死去的。此后固执而又柔和的声音，将在我耳边永远不会消失。我觉得忧郁起来了。我仿佛触着了这世界上一点东西，看明白了这世界上一点东西，心里软和得很。

但我不能这样子打发这个长夜。我把我的想象，追随了一个唱曲时清中夹沙的妇女声音到她的身边去了。于是仿佛看到了一个床铺，下面是草荐，上面摊了一床用旧帆布或别的旧货做成脏而又硬的棉被，搁在床正中被单上面的是一个长方木托盘，盘中有一把小茶盏，一个小烟盒，一支烟枪，一块小石头，一盏灯。盘边躺着一个人在烧烟。唱曲子的妇人，或是袖了手捏着自己的膀子站在吃烟者的面前，或是靠在男子对面的床头，为客人烧烟。房子分两进，前面临街，地是土地，后面临河，便是所谓吊脚楼了。这些人房子窗口既一面临河，可以凭了窗口呼喊河下船中人，当船上人过了瘾，胡闹已够，下船时，或者尚有些事情嘱托，或有其他原因，一个晃着火炬停顿在大石间，一个便凭立在窗口，“大老你记着，船下行时又来。”“好，我来的，我记着的。”“你见了顺顺就说：会呢，完了；孩子大牛呢，脚膝骨好了。细粉带三斤，冰糖或片糖带三斤。”“记得到，记得到，大娘你放心，我见了顺顺大爷就说：会呢，完了。大牛呢，好了。细粉来三斤，冰糖来三斤。”“杨氏，杨氏，一共四吊七，莫错账！”“是的，放心呵，你说四吊七就四吊七，年三十夜莫会要你多的！你自己记着就是了！”这样那样地说着，我一一都可听到，而且一面还可以听着在黑暗中某一处咩咩的羊鸣。我明白这些回船的人是上岸吃过“荤烟”了的。

我还估计得出，这些人不吃“荤烟”，上岸时只去烤烤火的，到了那些屋子里时，便多数只在临街那一面铺子里。这时节天气太冷，大门必已上好了，屋里一隅或点了小小油灯，屋中土地上必就地掘了浅凹火炉膛，烧了些树根柴块。火光煜煜，且时时刻刻爆炸着一种难于形容的声音。火旁矮板凳上坐有船上人，木筏上人，有对河住家的熟人。且有虽为天所厌弃还不自弃年过七十的老妇人，闭着眼睛蜷成一团蹲在火边，悄悄地从大袖筒里取出一片薯干或一枚红枣，塞到嘴里去咀嚼。有穿着肮脏身体瘦弱的孩子，手擦着眼睛傍着火旁的母亲打盹。屋主人有为退伍的老军人，有翻船背运的老水手，有单身寡妇，藉着火光灯光，可以看得出这屋中的大略情形，三堵木板壁上，一面必有个供奉祖宗的神龛，神龛下空处或另一面，必贴了一些大小不一的红白名片。这些名片倘若有那些好事者加以注意，用小油灯照着，去仔细检查检查，便可以发现许多动人的名衔，军队上的连副、上士、一等兵，商号中的管事，当地的团总、保正、催租吏，以及照例姓滕的船主，洪江的木头商人，与其他各行各业人物，无所不有。这是近一二十年来经过此地若干人中一小部分的题名录。这些人各用一种不同的生活，来到这个地方，且同样的来到这些屋子里，坐在火边或靠近床上，逗留过若干时间。这些人离开了此地后，在另一世界里还是继续活下去，但除了同自己的生活圈子中人发生关系以外，与一同在这个世界上其他的人，却仿佛便毫无关系可言了。他们如今也许早已死掉了，水淹死的，枪打死的，被外妻用砒霜谋杀的，然而这些名片却依然将好好地保留下去。也许有些人已成了富人名人，成了当地的小军阀，这些名片却仍然写着催租人、上士等等的衔头。……除了这些名片，那屋子里是不是还有比它更引人注意的东西呢？锯子，小捞兜，香烟大画片，装干栗子的口袋……

提起这些问题时使人心中得激动。我到船头上去眺望了一阵。河面静静的，木筏上火光小了，船上的灯光已很少了，远近一切只能借着水面微光看出个大略情形。另外一处的吊脚楼上，又有了妇人唱小曲的声音，灯光摇摇不定，且有猜拳声音。我估计那些灯光同声音所在处，不是木筏上的簰头在取乐，就是水手们小商人在喝酒。妇人手指上说不定还戴了水手特别为从常德府捎带来的镀金戒指，一面唱曲一面把那只手理着鬓角，多动人的一幅画图！我认识他们的哀乐，这一切我也有份。看他们在那里把每个日子打发下去，也是眼泪也是笑，离我虽那么远，同时又与我那么相近。这正是同读一篇描写西伯利亚的农人生活动人作品一样，使人掩卷引起无言的哀戚。我如今只用想象去领味这些人生活的

孤舟近河影

清河映屋形

表面姿态，却用过去一分经验，接触着了这种人的灵魂。

羊还固执地鸣着。远处不知什么地方有锣鼓声音，那一定是某个人家禳土酬神还愿巫师的锣鼓。声音所在处必有火燎与九品蜡照耀争辉。眩目火光下必有头包红布的老巫师独立作旋风舞，门上架上有黄钱，平地有装满了谷米的平斗。有新宰的猪羊伏在木架上，头上插着小小五色纸旗。有行将为巫师用口把头咬下的活公鸡，缚了双脚与翼翅，在土坛边无可奈何地躺卧。主人锅灶边则热了满锅猪血稀粥，灶中正火光熊熊。

邻近一只大船上，水手们已静静地睡下了，只剩余一个人吸着烟，且时时刻刻把烟管敲着船舷。也像听着吊脚楼的声音，为那点声音所激动，引起种种联想，忽然按捺自己不住了，只听到他轻轻地骂着野话，擦了支自来火，点上一段废缆，跳上岸往吊脚楼那里去了。他在岸上大石间走动时，火光便从船篷空处漏进我的船中。也是同样的情形吧，在一只装载棉军服向上行驶的船上，泊到同样的岸边，躺在成束成捆的军服上面，夜既太长，水手们爱玩牌的各蹲坐在舱板上小油灯光下玩天九，睡既不成，便胡乱穿了两套棉军服，空手上岸，藉着石块间还未融尽残雪返照的微光，一直向高岸上有灯光处走去。到了街上，除了从人家门罅里露出的灯光成一条长线横卧着，此外一无所有。在计算中以为应可见到的小摊上成堆的花生，用哈德门长烟盒装着干瘪瘪的小橘子，切成小方块的片糖，以及在灯光下看守摊子把眉毛扯得极细的妇人（这些妇人无事可作时还会在灯光下做点针线的），如今甚么也没有。既不敢冒昧闯进一个人家里面去，便只好又回转河边船上了。但上山时向灯光凝聚处走去，方向不会错误。下河时可糟了。糊糊涂涂在大石小石间走了许久，且大声喊着，才走近自己所坐的一只船。上船时，两脚全是泥，刚攀上船舷还不及脱鞋落舱，就有人在棉被中大喊："伙计哥子们，脱鞋呀！"把鞋脱了还不即睡，便镶到水手身旁去看牌，一直看到半夜——十五年前自己的事，在这样地方温习起来，使人对于命运感到十分惊异。我懂得那个忽然独自跑上岸去的人，为甚么上去的理由！

等了一会，邻船上那人还不回到他自己的船上来，我明白他所得的必比我多了一些。我想听听他回来时，是不是也像别的船上人，有一个妇人在吊脚楼窗口喊叫他。许多人都陆续回到船上了，这人却没有下船。我记起"柏子"。但是，同样是水上人，一个那么快乐地赶到岸上去，一个却是那么寂寞地跟着别人后面走上岸去，到了那些地方，情形不会同柏子一样，也是很显然的事了。

为了我想听听那个人上船时那点推篷声音，我打算着。在一切声音全已安静时，我仍然不能睡觉。我等待那点声音。大约到午夜十二点，水面上却起了另外一种声音。仿佛鼓声，也仿佛汽油船马达转动声，声音慢慢地近了，可是慢慢地又远了。像是一个有魔力的歌唱，单纯到不可比方，也便是那种固执的单调，以及单调的延长，使一个身临其境的人，想用一组文字去捕捉那点声音，以及捕捉在那长潭深夜一个人为那声音所迷惑时节的心情，实近于一种徒劳无功的努力。那点声音使我不得不再从那个业已用被单塞好空罅的舱门，到船头去搜索它的来源。河面一片红光，古怪声音也就从红光一面掠水而来。原来日里隐藏在大岩下的一些小渔船，在半夜前早已静悄悄地下了拦江网。到了半夜，把一个从船头伸在水面的铁兜，盛上燃着熊熊烈火的油柴，一面用木棒槌有节奏地敲着船舷各处漂去。身在水中见了火光而来与受了柝声吃惊四窜的鱼类，便在这种情形中触了网，成为渔人的俘虏。当地人把这种捕鱼方法叫“赶白”。

一切光，一切声音，到这时节已为黑夜所抚慰而安静了，只有水面上那一分红光与那一派声音。那种声音与光明，正为着水中的鱼和水面的渔人生存的搏战，已在这河面上存在了若干年，且将在接连而来的每个夜晚依然继续存在。我弄明白了，回到舱中以后，依然默听着那个单调的声音。我所看到的仿佛是一种原始人与自然战争的情景。那声音，那火光，都近于原始人类的战争，把我带回到四五千年那个“过去”时间里去。

不知在甚么时候开始落了很大的雪，听船上人细语着，我心想，第二天我一定可以看到邻船上那个人上船时节，在岸边雪地上留下那一行足迹。那寂寞的足迹，事实上我却不曾见到，因为第二天到我醒来时，小船已离开那个泊船处很远了。

一九三四年一月十八

我仿佛被一个极熟的人喊了又喊，人清醒后那个声音还在耳朵边。原来我的小船已开行了许久，这时节正在一个长潭中顺风滑行，河水从船舷轻轻擦过，把我弄醒了。

我的小船今天应当停泊到一个大码头，想起这件事，我就有点儿慌张起来了。小船应停泊的地方，照史籍上所说，出丹砂，出辰川符。事实上却只出胖人，出肥猪，出边炮，出雨伞。一条长长的河街，在那里可以见到无数水手柏子与无数柏子的情妇。长街尽头飘扬着用红黑二色写上扁方体字税关的幡信，税关前停泊了无数上下行验关的船只。长街尽头油坊围墙如城垣，长年有油可打。打油匠摇荡悬空油槌，訇的向前抛去时，莫不伴以摇曳长歌，由日到夜，不知休止。河中长年有大木筏停泊，每一木筏浮江而下时，同时四方角隅至少有三十个人举桡激水。沿河吊脚楼下泊定了大而明黄的船只，船尾高张，常到两丈左右，小船从下面过身时，仰头看去恰如一间大屋。（那上面必用金漆写得有“福”字同“顺”字！）这个地方就是我一提及它时充满了感情的辰州。

小船去辰州还约三十里，两岸山头已较小，不再壁立拔峰，渐渐成为一堆堆黛色与浅绿相间的邱阜，山势既较和平，河水也温和多了。两岸人家渐渐越来越多，随处可以见到毛竹林。山头已无雪，虽尚不出太阳，气候干冷，天空倒明明朗朗。小船顺风张帆向上流走去时，似乎异常稳定。

但小船今天至少还得上三个滩与一个长长的急流。

大约九点钟时，小船到了第一个长滩脚下了，白浪从船旁跑过快如奔马，在惊心眩目情形中小船居然上了滩。小船上滩照例并不如何困难，大船可不同一点。滩头上就有四只大船斜卧在白浪中大石上，毫无出险的希望。其中一只货船，大致还是昨天才坏事的，只见许多水手在石滩上搭了棚子住下，且摊晒了许多被水浸湿的货物。正当我那只小船上完第一滩时，却见一只大船，正搁浅在滩头激流里。只见一个水手赤裸着全身向水中跳去，想在水中用肩背之力使船只活动，可是人一下水后，就即刻为激流带走了。在浪声哮吼里尚听到岸上人沿岸追喊着，水中那一个大约也回答着一些遗嘱之类，过一会儿，人便不见了。这个滩共有九段。这件事从船上人看来，可太平常了。

小船上第二段时，河流已随山势曲折，再不能张帆取风，我担心到这小小船只的完全问题，就向掌舵水手提议，增加一个临时纤手，钱由我出。得到了他的同意，一个老头子，牙齿已脱，白须满腮，却如古罗马战士那么健壮，光着手脚蹲在河边那个大青石上讲生意来了。两方面都大声嚷着而且辱骂着，一个要一千，一个却只出九百，相差那一百钱折合银洋约一分一厘。那方面既坚持非一千文不出卖这点气力，这一方面却以为小船根本不必多出这笔钱给一个老头子。我即或答应了不拘多少钱统由我出，船上三个水手，一面与那老头子对骂，一面把船开到急流里去了。见小船已开出后，老头子方不再坚持那一分钱，却赶忙从大石上一跃而下，自动把背后纤板上短绳，缚定了小船的竹缆，躬着腰向前走去了。待到小船业已完全上滩后，那老头就赶到船边来取钱，互相又是一阵辱骂。得了钱，坐在水边大石上一五一十数着。我问他有多少年纪，他说七十七。那样子，简直是一个托尔斯太[1]！眉毛那么长，鼻子那么大，胡子那么多，一切都同画相上的托尔斯太相去不远。看他那数钱神气，人快到八十了，对于生存还那么努力执着，这人给我的印象真太深了。但这个人在他们弄船人看来，一个又老又狡猾的东西罢了。

1　即俄罗斯著名文豪列夫·托尔斯泰。——编者注

小船上尽长滩后，到了一个小小水村边，有母鸡生蛋的声音，有人隔河喊人的声音，两山不高而翠色迎人。许多等待修理的小船，一字排开斜卧在岸上，有人在一只船边敲敲打打，我知道他们正用麻头与桐油石灰嵌进船缝里去。一个木筏上面还搁了一只小船，在平潭中溜着。忽然村中有炮仗声音，有唢呐声音，且有锣声；原来村中人正接媳妇。锣声一起，修船的，放木筏的，划船的，无不停止了工作，向锣声起处望去。——多美丽的一幅画图，一首诗！但除了一个从城市中因事挤出的人觉得惊讶，难道还有谁看到这些光景矍然神往？

下午二时左右，我坐的那只小船，已经把辰河由桃源到沅陵一段路程主要滩水上完，到了一个平静长潭里。天气转晴，日头初出，两岸小山作浅绿色，山水秀雅明丽如西湖。船离辰州只差十里，我估计，过不多久，船到了白塔下再上个小滩，转过山岨，就可以见到税关上飘扬的长幡信了。

想起再过两点钟，小船泊到泥滩上后，我就会如同我小说写到的那个柏子一样，从跳板一端摇摇荡荡地上了岸，直向有吊脚楼人家的河街走去，再也不能蜷伏在船里了。

我坐到后舱口日光下，向着河流清算我对于这条河水这个地方的一切旧账。原来我离开这地方已十六年。十六年的日子实在过得太快了一点。想起从这堆日子中所有人事的变迁，我轻轻地叹息了好些次。这地方是我第二个故乡。我第一次离乡背井，随了那一群肩扛刀枪向外发展的武士为生存而战斗，就停顿到这个码头上。这地方每一条街每一处衙署，每一间商店，每一个城洞里作小生意的小担子，还如何在我睡梦里占据一个位置！这个河码头在十六年前教育我，给我明白了多少人事，帮助我做过多少幻想，如今却又轮到它来为我温习那个业已消逝的童年梦境来了。

望着汤汤的流水，我心中好像忽然彻悟了一点人生，同时又好像从这条河上，新得到了一点智慧。的的确确，这河水过去给我的是“知识”，如今给我的却是“智慧”。山头一抹淡淡的午后阳光感动我，水底各色圆如棋子的石头也感动我。我心中似乎毫无渣滓，透明烛照，对万汇百物，对拉船人与小小船只，一切都那么爱着，十分温暖地爱着！我的感情早已融入这第二故乡一切光景声色里了。我仿佛很渺小很谦卑，对一切有生无生似乎都在伸手，且微笑地轻轻地说：

“我来了，是的，我仍然同从前一样地来了。我们全是原来的样子，真令人高兴。你，充满了牛粪桐油气味的小小河街，虽稍稍不同了一点，我这张脸，大约也不同了一点。可是，很可喜的是我们还互相认识，只因为我们过去实在太熟习了！”

看到日夜不断千古长流的河水里的石头和砂子，以及水面腐烂的草木，破碎的船板，使我触着了一个使人感觉惆怅的名词。我想起“历史”。一套用文字写成的历史，除了告给我们一些另一时代另一群人在这地面上相斫相杀的故事以外，我们决不会再多知道一些要知道的事情。但这条河流，却告给了我若干年来若干人类的哀乐！小小灰色的渔船，船舷船顶站满了黑色沉默的鱼鹰，向下游缓缓划去了。石滩上走着脊梁略弯的拉船人。这些东西于历史似乎毫无关系，百年前或百年后皆仿佛同目前一样。他们那么忠实庄严地生活，担负了自己那份命运，为自己，为儿女，继续在这世界中活下去。不问所过的是如何贫贱艰难的日子，却从不逃避为了求生而应有的一切努力。在他们生活爱憎得失里，也依然摊派了哭，笑，吃，喝。对于寒暑的来临，他们便更比其他世界上人感到四时交替的严肃。历史对于他们俨然毫无意义，然而提到他们这点千年不变无可记载的历史，却使人引起无言的哀戚。

我有点担心，地方一切虽没有甚么变动，我或者变得太多了一点。

船到了税关前趸船旁泊定时，我想象那些税关办事人，因为见我是个陌生旅客，一定上船来盘问我，麻烦我。我于是便假定恰如数年前作的一篇文章上我那个样子，故意不大理会，希望引起那个公务人员的愤怒，直到把我带局为止。

我正想要那么一个人引路到局上去，好去见他们的局长！还很希望他们带到当地驻军旅部去，因为若果能够这样，就使我进衙门去找熟人时，省得许多琐碎的手续了。

可是验关的来了，一个宽脸大身材的青年苗人。见到他头上那个盘成一饼的青布包头，引动了我一点乡情。我上岸的计划不得不变更了。他还来不及开口我就说：

“同年，你来查关！这是我坐的一只空船，你尽管看。我想问你。你局长姓甚么？”

那苗人已上了小船在我面前站定，看看舱里一无所有，且听我喊他为“同年”，从乡音中得到了点快乐。便用着小孩子似的口音问我：

“你到哪里去？你从哪里来呀？”

“我从常德来——就到这地方。你不是梨林人吗？我是……我要会你局长！”

那关吏说：“我是凤凰县人！你问局长，我们局长姓陈！”

第一个碰到的原来就是自己的乡亲，我觉得十分激动，赶忙请他进舱来坐坐。可是这个人看看我的衣服行李，大约以为我是个什么代表，一种身份的自觉，不敢进舱里来了。就告我若要找陈局长，可以把船泊到中南门去。一面说着一面且把手中的粉笔，在船篷上画了个放行的记号，却回到大船上去：“你们走！”他挥手要水手开船，且告水手应当把船停到中南门，上岸方便。

船开上去一点，又到了一个复查处。仍然来了一个头裹青布帕的乡亲，从舱口看看船中的我。我想这一次应当故意不理会这个公务人，使他生气方可到局里去。可是这个复查员看看我不作声的神气，一问水手，水手说了两句话，又挥挥手把我们放走了。

我心想：这不成，他们那么和气，把我想象中安排的计划全给毁了，若到中南门起岸，水手在身后扛了行李，到城门边检查时，只需水手一句话又无条件通过，很无意思。我多久不见到故乡的军队了，我得看看他们对于职务上的兴味与责任，过去和现在有什么不同处。我便变更了计划，要小船在东门下傍码头停停，我一个人先上岸去，上了岸后小船仍然开到中南门，等等我再派人来取行李。我于是上了岸，不一会就到河街上了。当我打从那河街上过身时，做炮仗的，卖油盐杂货的，收买发卖船上一切零件的，所有小铺子皆牵引了我的眼睛，因此我走得特别慢些。但到进城时却使我很失望，城门口并无一个兵。原来地方既不戒严，兵移到乡下去驻防，城市中已用不着守城兵了。长街路上虽有穿着整齐军服的年青人，我却不便如何故意向他们生点事。看看一切皆如十六年前的样子，只是兵不同了一点。

我既从东门从从容容地进了城，不生问题，不能被带过旅部去，心想时间还早，不如到我弟弟哥哥共同在这地方新建筑的“芸庐”新家里看看，那新房子全在山上。到了那个外观十分体面的房子大门前，问问工人谁在监工，才知道我哥哥来此刚三天。这就太妙了，若不来此问问，我以为我家中人还依然全在凤凰县城里！我进了门一直向楼边走去时，还有使我更惊异而快乐的，是我第一个见着的人，原来就正是五年来行踪不明的“虎雏”。这人五年前在上海从我住处逃亡后，一直就无他的消息，我还以为他早已腐了烂了。他把我引导到我哥哥住的房中，告给我哥哥已出门，过三点钟方能回来。在这三点钟之内，他在我很惊讶的盘问之下，却告给了我他的全部历史。原来八岁时他就因为用石块砸死了人逃出家乡，做过玩龙头宝的助手，做过土匪，做过采茶人，当过兵。到上海发生了那件事情后，这六年中又是从一想象不到的生活里，转到我军官兄弟手边来作一名“副爷”。

见到哥哥时，我第一句话说的是：“家中虎雏真是个了不起的人物！”我哥哥却回答得妙：“了不起的人吗？这里比他了不起的人多着哪。”

到了晚上，我哥哥说的话，便被我所见到的几个青年军官证实了。

老　伴

我平日想到泸溪县时，回忆中就浸透了摇船人催撸歌声，且被印象中一点儿小雨，仿佛把心也弄湿了。这地方在我生活史中占了一个位置，提起来真使我又痛苦又快乐。

泸溪县城界于辰州与浦市两地中间，上距浦市六十里，下达辰州也恰好六十里。四面是山，对河的高山逼近河边，壁立拔峰，河水在山峡中流去。县城位置在洞河与沅水汇流处，小河泊船贴近城边，大河泊船去城约三分之一里（洞河通称小河，远水通称大河）。洞河来源远在苗乡，河口长年停泊了五十只左右小小黑色洞河船。弄船者有短小精悍的花帕苗，头包格子花帕，腰围短短裙子。有白面秀气的所里人，说话时温文尔雅，一张口又善于唱歌。洞河既水急山高，河身转折极多，上行船到此已不适宜于借风使帆。凡入洞河的船只，到了此地，便把风帆约成一束，作上个特别记号，寄存于城中店铺里去，等待载货下行时，再来取用。由辰州开行的沅水商船，六十里为一大站，停靠泸溪为必然的事。浦市下行船若预定当天赶不到辰州，也多在此过夜。然而上下两个大码头把生意全已抢去，每天虽有若干船只到此停泊，小城中商业却清淡异常。沿大河一方面，一个稍稍像样的青石码头也没有。船只停靠都得在泥滩与泥堤下，落了小雨，上岸下船不知要滑倒多少人！

十七年前的七月里，我带了“投笔从戎”的味儿，在一个“龙头大哥”兼“保安司令”的带领下，随同八百乡亲，乘了从高村抓封得到的三十来只大小船舶，浮江而下，来到了这个地方。靠岸停泊时正当傍晚，紫绛山头为落日镀上一层金色，乳色薄雾在河面流动。船只拢岸时摇船人照例促橹长歌，那歌声揉合了庄严与瑰丽，在当前景象中，真是一曲不可形容的音乐。

第二天，大队船只全向下游开拔去了，抛下了三只小船不曾移动。两只小船装的是旧棉军服，另一只小船，却装了十三名补充兵，全船中人年龄最大的一个十九岁，极小的一个十三岁。

十三个人在船上实在太挤了！船既不开动，天气又正热，挤在船上也会中暑发痧。因此许多人白日里尽光身泡在长河清流中，到了夜里，便爬上泥堤去睡觉。一群小子身上全是空无所有，只从城边船户人家讨来一大捆稻草，各自扎了一个草枕，在泥堤上仰面躺了五个夜晚。

这件事对于我个人不是一个坏经验。躺在尚有些微余热的泥土上，身贴大地，仰面向天，看尾部闪放宝蓝色光辉的萤火虫匆匆促促飞过头顶。沿河是细碎人语声，蒲扇拍打声，与烟杆剥剥地敲着船舷声。半夜后天空有流星曳了长长的光明下坠。滩声长流，如对历史有所陈诉埋怨。这一种夜景，实是我终身不能忘掉的夜景！

到后落雨了，各人竟上了小船。白日太长，无法排遣，各自赤了双脚，冒着小雨，从烂泥里走进县城街上去观光。大街头江西人经营的布铺，铺柜中坐了白发皤然老妇人，庄严沉默如一尊古佛。大老板无事可作，只腆着个肚皮，叉着两手，把脚拉开成为八字，站在门限边对街上檐溜出神。窄巷里石板砌成的行人道上，小孩子扛了大而朴质的雨伞，响着寂寞的钉鞋声。待到回船时，各人身上业已湿透，就各自把衣服从身上脱下，站在船头相互帮忙拧去雨水。天夜了，便满船是呛人的油气与柴烟。

在十三个伙伴中我有两个极要好的朋友。其中一个是我的同宗兄弟，名叫沈万林，年纪顶大，与那个在常德府开旅馆头戴水獭皮帽子的朋友，原本同在一个中营游击衙门里服务当差，终日栽花养金鱼，事情倒也从容悠闲。只是和上面管事头目合不来，忽然对职务厌烦起来，把管他的头目痛打了一顿，自己也被打了一顿，因此就与我们作了同伴。其次

绿岸一线宜居家

水车几转好收成

是那个年纪顶轻的，名字就叫“开明”，一个赵姓成衣人的独生子，为人伶俐勇敢，稀有少见。家中虽盼望他能承继先人之业，他却梦想作个上尉副官，头戴金边帽子，斜斜佩上条红色值星带，站在副官处台阶上骂差弁，以为十分神气。因此同家中吵闹了一次，负气出了门。这小孩子年纪虽小，心可不小！同我们到县城街上转了三次，就看中了一个绒线铺的和他年龄差不多的女孩子，问我借钱向那女孩子买了三次白棉线草鞋带子。他虽买了不少带子，那时节其实连一双多余的草鞋都没有，把带子买得同我们回转船上时，他且说：“将来若作了副官，当天赌咒，一定要回来讨那女孩子作媳妇。”那女孩子名叫“小翠”，我写“边城”故事时，弄渡船的外孙女，明慧温柔的品性，就从那绒线铺小女孩印象而来。我们各人对于这女孩子印象似乎都极好，不过当时却只有他一个人特别勇敢天真，好意思把那一点糊涂希望说出口来。

日子过去了三年，我那十三个同伴，有三个人由驻防地的辰州请假回家去，走到泸溪县境驿路上，出了意外的事情，各被土匪砍了二十余刀，流一滩血倒在大路旁死掉了。死去的三人中，有一个就是我那同宗兄弟。我因此得到了暂时还家的机会。

那时节军队正预备从鄂西开过四川就食，部队中好些年轻人一律被遣送回籍。那保安司令官意思就在让各人的父母负点儿责：以为一切是命的，不妨打发小孩子再归营报到，担心小孩子生死的，自然就不必再来了。

我于是和那个伙伴并其他二十多个年轻人，一同挤在一只小船中，还了家乡。小船上行到泸溪县停泊时，虽已黑夜，两人还进城去拍打那人家的店门，从那个女孩手中买了一次白带子。

到家不久，这小子大约不忘却作副官的好处，借故说假期已满，同成衣人爸爸又大吵了一架，偷了些钱，独自走下辰州了。我因家中无事可作，不辞危险也坐船下了辰州。我到得辰州老参将衙门报到时，方知道本军部队四千人，业已于四天前全部开拔过四川，所有相熟伙伴完全走尽了。我们已不能过四川，改成为留守处人员。留守处只剩下一个上尉军需官，一个老年上校副官长，一个跛脚中校副官，以及两班新刷下来的老弱兵士。开明被派作勤务兵，我的职务为司书生，两人皆在留守处继续供职。两人既受那个副官长管辖，老军官见我们终日坐在衙门里梧桐树下唱山歌，以为我们应找点正经事做做，就想出个巧办法，派遣两人到附近城外荷塘里去为他钓蛤蟆。两人一面钓蛤蟆一面谈天，我方知道他下行时居然又到那绒线铺买了一次带子。我们把蛤蟆从水荡中钓来，剥了皮洗刷得干干净净后，用麻线捆着那东西小脚，成串提转衙门时，老军官就加上作料，把一半熏了下酒，剩下一半还托同乡带回家中去给老太太享受，我们这种工作一直延长到秋天，才换了另外一种。

过了约一年，有一天，川边来了个特急电报：部队集中驻扎在湖北边上来凤小县城里，正预备拉夫派捐回湘，忽然当地切齿发狂的平民，受当地神兵煽动，秘密约定由神兵带头打先锋，发生了民变，各自拿了菜刀、镰刀、撇麻砍柴刀，大清早分头猛扑各个驻军庙宇和祠堂来同军队作战。四千军队在措手不及情形中，一早上就放翻了三千左右。总部中除那个保安司令官同一个副官侥幸脱逃外，其余所有高级官佐职员全被民兵砍倒了。（事后闻平民死去约七千，半年内小城中随处还可以发现白骨。）这通电报在我命运上有了个转机，过不久，我就领了三个月遣散费，离开辰州，走到出产香草香花的芷江县，每天拿了个紫色木戳，过各屠桌边验猪羊税去了。所有八个伙伴已在川边死去，至于那个同买带子同钓蛤蟆的朋友呢，消息当然从此也就断绝了。

整整过去十七年后，我的小船又在落日黄昏中，到了这个地方停靠下来。冬天水落了些，河水去堤岸已显得很远，裸露出一大片干枯泥滩。长堤上有枯苇刷刷作响，阴背地方还可看到些白色残雪。

石头城恰当日落一方，雉堞与城楼皆为夕阳落处的黄天，衬出明明朗朗的轮廓。每一个山头仍然镀上了金，满河是橹歌浮动（就是那使我灵魂轻举永远赞美不尽的歌声）！

我站在船头，思索到一件旧事，追忆及几个旧人。黄昏来临，开始占领了整个空间。远近船只全只剩下一些模糊轮廓，长堤上有一堆一堆人影子移动。邻近船上炒菜落锅声音与小孩哭声杂然并陈。忽然间，城门边响了一声卖糖人的小锣，“铛……”

一双发光乌黑的眼珠，一条直直的鼻子，一张小口，从那一槌小锣声中重现出来。我忘了这份长长岁月在人事上所发生的变化，恰同小说书本上角色一样，怀了不可形容的童心，上了堤岸进了城。城中接瓦连椽的小小房子，以及住在这小房子里的人民，我似乎与他们都十分相熟。时间虽已过了十七年，我还能认识城中的道路，辨别城中的气味。

我居然没有错误，不久就走到了那绒线铺门前了。恰好有个船上人来买棉线，当他推门进去时，我紧跟着进了那个铺子。有这样希奇的事情吗？我见到的不正是那个女孩吗？我真惊讶得说不出话来。十七年前那小女孩就成天站在铺柜里一垛棉纱边，两手反复交换动作挽她的棉线，目前我所见到的，还是那么一个样子。难道我如浮士德一样，当真回到了那个“过去”了吗？我认识那眼睛，鼻子，和薄薄的小嘴。我毫不含糊，敢肯定现在的这一个就是当年的那一个。

“要什么呀？”就是那声音，也似乎与我极其熟悉。

我指定悬在钩上一束白色东西，“我要那个！”

如今真轮到我这老军务来购买系草鞋的白棉纱带子了！

当那女孩子站在一个小凳子上，去为我取钩上货物时，铺柜里火盆中有茶壶沸水声音，某一处有人吸烟声音。女孩子辫发上缠得是一绺白绒线，我心想："死了爸爸还是死了妈妈？"火盆边茶水沸了起来，小槅扇门后面有个男子哑声说话：

"小翠，小翠，水开了，你怎么的？"女孩子虽已即刻很轻捷伶便地跳下凳子，把水罐挪开，那男子却仍然走出来了。

真没有再使我惊讶的事了，在黄晕晕的煤油灯光下，我原来又见到了那成衣人的独生子，这人简直可说是一个老人。很显然的，时间同鸦片烟已毁了他。但不管时间同鸦片烟在这男子脸是刻下了什么记号，我还是一眼就认定这人便是那一再来到这铺子里购买带子的赵开明。从他那点神气看来，却决猜不出面前的主顾，正是同他钓蛤蟆的老伴。这人虽作不成副官，另一糊涂希望可终究被他达到了。我憬然觉悟他与这一家人的关系，且明白那个似乎永远年青的女孩子是谁的儿女了。我被"时间"意识猛烈地掴了一巴掌，摩摩我的面颊，一句话不说，静静地站在那儿看两父女度量带子，验看点数我给他的钱。完事时，我想多停顿一会，又借故买点白糖。他们虽不卖白糖，老伴却十分热心出门为我向别一铺子把糖买来。他们那份安于现状的神气，使我觉得若用我身分惊动了他，就真是我的罪过。

我拿了那个小小包儿出城时，天已断黑，在泥堤上乱走。天上有一粒极大星子，闪耀着柔和悦目的光明。我瞅定这一粒星子，目不旁瞬。

“这星光从空间到地球据说就得三千年，阅历多些，它那么镇静有它的道理。我现在还只三十岁刚过头，能那么镇静吗？……”

我心中似乎极其混乱，我想我的混乱是不合理的。我的脚正踏到十七年前所躺卧的泥堤上，一颗心跳跃着，勉强按捺也不能约束自己。可是，过去的，有谁人能拦住不让它过去，又有谁能制止不许它再来？时间使我的心在各种变动人事上感受了点分量不同的压力，我得沉默，得忍受。再过十七年，安知道我不再到这小城中来？世界虽极广大，人可总像近于一种夙命，限制在一定范围内，经验到他的过去相熟的事情。

为了这再来的春天，我有点忧郁，有点寂寞。黑暗河面起了缥缈快乐的橹歌。河中心一只商船正想靠码头停泊，歌声在黑暗中流动，从歌声里我俨然彻悟了什么。我明白“我不应当翻阅历史，温习历史”。在历史前面，谁人能够不感惆怅？

但我这次回来为的是什么？自己询问自己，我笑了。我还愿意再活十七年，重来看看我能看到难于想象的一切。

滕回生堂的今昔

我六岁左右时害了疳疾，一张脸黄姜姜的，一出门身背后就有人喊“猴子猴子”。回过头去搜寻时，人家就咧着白牙齿向我发笑。扑拢去打吧，人多得很，装作不曾听见吧，那与本地人的品德不相称。我很羞愧，很生气。家中外祖母听从庸妇、挑水人、卖炭人与隔邻轿行老妇人出主意，于是轮流要我吃热灰里焙过的“偷油婆”“使君子”，吞雷打枣子木的炭粉、黄纸符烧的灰渣，诸如此类药物，另外还逼我诱我吃了许多古怪东西。我虽然把这些很希奇的丹方试了又试，蛔虫成绞成团地排出，病还是不得好，人还是不能够发胖。照习惯说来，凡为一切药物治不好的病，便同“命运”有关。家中有人想起了我的命运，当然不乐观。

关心我命运的父亲，有一天特别请了一个卖卜算命土医生来为我推算流年，想法禳解命根上的灾星。这算命人把我生辰支干排定后，就向我父亲建议：

“大人，少爷属双虎，命大，把少爷拜给一个吃四方饭的人作干儿子，每天要他吃习皮草蒸鸡肝，有半年包你病好。病不好，把我回生堂牌子甩了丢到长河潭里去！”

父亲既是个军人，毫不迟疑地回答说：

“好，就照你说的办。不用找别人，今天日子好，你留在这里喝酒，我们打了干亲家吧。”

两个爽快单纯的人既同在一处，我的“命运”便被他们派定了。

一个人若不明白我那地方的风俗，对于我父亲的慷慨处会觉得希奇。其实这算命的当时若说：“大人，把少爷拜寄给城外碉堡旁大冬青树吧。”我父亲还是会照办的。一株树或一片古怪石头，收容三五十个干儿子，照本地风俗习惯，原是件极平常事情。且有人拜寄牛栏的或拜寄井水的，人神同处日子竟过得十分调和，毫无龃龉。

我那干爹除了算命卖卜以外，原来还是个出名草头医生，又是个拳棒家。尖嘴尖脸如猴子，一双黄眼睛炯炯放光，身材虽极矮小，实可谓心雄万夫。他把铺子开设在一城热闹中心的东门桥头上，字号名“滕回生堂”。那长桥两旁一共有二十四间铺子，其中四间正当桥垛墩，比较宽敞，许多年以前，他就占了有垛墩的一间。住处分前后两进，前面是药铺，后面住家。铺子中罗列有穿山甲、羚羊角、马蜂窠、猴头、虎骨、牛黄、狗宝，无一不备。最多的还是那几百种草药，成束成把的草根木皮，堆积如山，一屋中也就长年为草药蒸发的香味所笼罩。

铺子里间房子窗口临河，可以俯瞰河里来去的柴炭船、米船、甘蔗船。河身下游约半里，有了转折，因此迎面对窗便是一座高山。那山头春夏之际作绿色，秋天作黄色，冬天为烟雾包裹时作蓝色，为雪遮盖时只一片眩目白色。屋角隅陈列了各种武器，有青龙偃月刀、齐眉棍、连枷、钉耙。此外还有一个似桶非桶似盆非盆的东西，原来这是我那干爹年轻时节习站功所用的宝贝。他学习拉弓，想把腿脚姿势弄好，每个晚上蜷伏到那木桶里去熬夜。想增加气力，每早从桶中爬出时还得吃一条黄鳝的鲜血。站了木桶两整年，吃了数百条黄鳝，临到应考时，却被一个习武的仇人摘发他身份不明，取消了考试资格。他因此抖气离开了家乡，来到武士荟萃的凤凰县卖卜行医。为人既爽直慷慨，且能喝酒划拳，极得人缘，生涯也就不恶。作了医生还舍不得把那个木桶丢开，可想见他还不能对那宝贝忘情。

他家中有个太太，两个儿子。太太大约一年中有半年皆把手从大袖筒缩到衣里去，藏了个小火笼在衣里烘烤，眯着眼坐在药材中，简直是一只大猫。两个儿子大的学习料理铺子，小的上学读书。两老夫妇住在屋顶，两个儿子住在屋下层桥墩上。地方虽不宽绰，那里也用木板夹好，有小窗小门，不透风，光线且异常良好。桥墩尖劈形处，石罅里有一架老葡萄树，得天独厚，每年皆可结许多球葡萄。另外还有一些小瓦盆，种了牛膝、三七、铁钉台、隔山消等等草药。尤其古怪的是一种名为“罂粟”的草花，还是从云南带来的，开着艳丽煜目的红花，花谢后枝头缀了绿色果子，果子里据说就有鸦片烟。当时本县还不会种鸦片烟，烟土全是云南、贵州来的。

当时一城人谁也没见过这种东西，因此常常有人老远跑来参观。当地一个拔贡还作了两首七律诗，赞咏那个希奇少见的植物，把诗贴到回生堂武器陈列室板壁上。

桥墩离水面高约四丈，下游即为一潭，潭里多鲤鱼鳜鱼。两兄弟把长绳系个钓钩，挂上一片肉，夜里垂放到水中去，第二天拉起就常常可以得一尾大鱼。但我那干爹却不许他们如此钓鱼，以为那么取巧，不是一个男子汉所当为。虽然那么骂儿子，有时把钓来的鱼不问死活依然掷到河里去，有时也会把鱼煎好来款待客人。他常奖励两个儿子过教场去同兵将子弟寻衅打架，大儿子常常被人打得头破血流回来时，作父亲的一面为他敷那秘制药粉，一面就说：“不要紧，不要紧，三天就好了。你怎么不照我教你那个方法把那苗子放倒？”说时有点生气了，就在儿子额角上一弹，加上一点惩罚，看他那神气，就可明白站木桶考武秀才被屈，报仇雪耻的意识还存在。

我得了这样一个干爹，我的命运自然也就添了一个注脚，便是“吃药”了。我从他那儿大致尝了一百样以上的草药。假若我此后当真能够长生不老，一定便是那时吃药的结果。我倒应当感谢我那个命运，从一分吃药的经验里，因此分别得出许多草药的味道、性质以及它的形状。且引起了我此后对于辨别草木的兴味。其次是我吃了两年多鸡肝。这一堆药材同鸡肝，很显然的，对于此后我的体质同性情都大有影响。

那桥上有洋广杂货店，有猪牛羊屠户案桌，有炮仗铺与成衣铺，有理发馆，有布号与盐号。我既有机会常常到回生堂去看病，也就可以同一切小铺子发生关系。我很满意那个桥头，那是一个社会的雏形，从那方面我明白了各种行业，认识了各样人物。凸了个大肚子胡须满腮的屠户，站在案桌边，扬起大斧擦的一砍，把肉剁下后随便一称，就猛向人菜篮中掼去，那神气真够神气。平时以为这人一定极其凶横蛮霸，谁知他每天拿了猪脊髓过回生堂来喝酒时，竟是个异常和气的家伙。其余如剃头的，缝衣的，我同他们认识以后，看他们工作，听他们说些故事新闻，也无一不是很有意思。我在那儿真学了不少东西，知道了不少事情。所学所知比从私塾里得来的书本知识当然有趣得多，也有用得多。

那些铺子一到端午时节，就如我写“边城”故事那个情形，河下竞渡龙船，从桥洞下来回过身时，桥上人皆用叉子，挂了小百子鞭炮悬出吊脚楼，毕毕拍拍地响着。夏天河中涨了水，一看上游流下了一只空船，一匹畜牲，一段树木，这些小商人为了好义或好利的原因，必争着很勇敢地从窗口跃下，浮水去追赶那些东西。不管漂流多远，总得把那东西救出。关于救人的事我那干爹总不落人后。

他只想亲手打一只老虎，但得不到机会。他说他会点血，但从不见他点过谁的血。

民国二十二年旧历十二月十九，我同那座大桥分别时将近十八年，我又回到了那个桥头了。这是我的故乡，我的学校，试想想，我当时心中怎样激动！离城二十里外我就见着了那条小河，傍着小河溯流而上，沿河绵亘数里的竹林，发蓝叠翠的山峰，白白阳光下造纸坊与制糖坊，水磨与水车，这些东西使我感动得真厉害！后来在一个石头碉堡下，我还看到一个穿号褂的团丁，送了个头裹白孝布的青年妇人过身。那黑脸小嘴高鼻梁青年妇人，使我想起我写的“凤子”故事中角色。她没有开口唱歌，然而一看却知道这妇人的灵魂是用歌声喂养长大的。我已来到我故事中的空气里了，我有点发痴。环境空气我似乎十分熟悉，事实上一切都已十分陌生。

见大桥时约在下午两点左右，正是市面顶热闹时节。

我从一群苗人、一群乡下人中挤上了大桥，各处搜寻没有发现“滕回生堂”的牌号。回转家中我并不提起这件事。第二天一早，我得了出门的机会，就又跑到桥上去，排家注意，在桥头南端，被我发现了一家小铺子。铺子中堆满了各样杂货，货物中坐定了一个瘦小如猴干瘪瘪的中年人。从那双眯得极细的小眼睛，我记起了我那个干妈。这不是我那干哥哥是谁？

我冲近他摊子边时，那人就说：

“唉，你要什么？”

“我要问你一个人，一件事，你是不是松林？”

里间孩子哭起来了，顺眼望去，杂货堆里那个圆形大木桶里面，正睡了一对大小相等仿佛孪生的孩子。我万想不到圆木桶还有这种用处。我话也说不来了。

但到后我告给他我是谁，他把小眼睛愣着瞅了我许久，一切弄明白后，便慌张得只是搓手搯舌头，赶忙让我坐到一捆麻上去。

“是你！是茂林！……”“茂林”是干爹给我起的名字。

我说：“大哥，正是我！我回来了！老人家呢？”

“五年前早过世了！”

“嫂嫂呢？”

“六月里过去了！剩下两只小狗。”

“保林二哥呢？”

“他在辰州你不见到他？他作了王村禁烟局长，有出息，讨了个乖巧屋里人，乡下买得七十亩田，作员外！”

我各处一看，卦桌不见了，横招不见了，触目全是草药。“你不算命了吗？”

“命在这个人手上，”他说时翘起一个大拇指，“这里人已没有命可算！”

“你不卖药了吗？”

“城里有四个官药铺，三个洋药铺。苗人都进了城，卖草药人多得很，生意不好做！”

他虽说不卖药了，小屋子里其实还有许多成束成捆的草药。而且恰好这时就有个兵士来买“一点白”。把药找出给人后，他只捏着那两枚当一百的铜元，同我呆呆地笑。大约来买药的也不多了，我来此给他开了一个利市。

他一面茫然地这样那样数着老话，一面还尽瞅着我。忽然发问：

“你从北京来南京来？”

“我在北平作事！”

“作什么事？在中央，在宣统皇帝手下？”

我就告他既不在中央，也不是宣统手下。他只作成相信不过的神气，点着头，且极力退避到屋角隅去，俨然为了安全非如此不成。他心中一定有一个新名词作祟，“你可是个共产党？”他想问却不敢开口，他怕事。他只轻轻地自言自语说：“城里前年杀了两个，一刀一个。那个韩安世是韩老丙儿子。”

有人来购买烟签，他便指点人到对面铺子去买。我问他这桥上铺子为什么都改成了住家户。他就告我，这桥上一共有十家烟馆，十家烟馆里还有三家可以买黄吗啡。此外又还有五家卖烟具的杂货铺。

一出铺子到城边时，我就碰着一个烟帮过身，两连护送兵各背了本地制最新半自动步枪，人马成一个长长队伍，共约三百二十余担黑货，全是从贵州来的。

我原本预备第二天过河边为这长桥摄一个影，留个纪念，一看到桥墩，想起十七年前那钵罂粟花，且同时想起目前那十家烟馆五家烟具店，这桥头的今昔情形，把我照相的勇气同兴味全失去了。

虎雏再遇记

四年前我在上海时，曾经做过一次荒唐的打算，想把一个年龄只十四岁，生长在边陬僻壤小豹子一般的乡下人，用最文明的方法试来造就他。虽事在当日，就经那小子的上司预言，以为我一切设计将等于白费，所有美好的设想，到头必不免落空，我却仍然不可动摇地按照计划做去。我把那小子放在身边，勒迫他读书，打量改造他的身体改造他的心，希望他在我教育下将来成个知识界伟人。谁知不到一个月，就出了意外事情。那理想中的伟人，在上海滩生事打坏了一个人，从此便失踪了。一切水得归到海里，小豹子也只宜于深山大泽方能发展他的生命。我明白闹出了乱子以后，他必有他的生路。对于这个人此后的消息，老实说，数年来我就不大再关心了。但每当我想及自己所做那件傻事时，总不免为自己的傻处发笑。

这次湘行到达辰州地方后，我第一个见到的就是那只

花簇迎户门

白屋覆黑瓦

小豹子。除了手脚身个子长大了一些，眉眼还是那么有精神，有野性。见他时，我真是又惊又喜。当他把我从一间放满了兰草与茉莉的花房里引过，走进我哥哥住的一间大房里去，安置我在火盆边大柚木椅上坐下时，我一开口就说：“祖送，祖送，你还活在这儿，我以为你在上海早被人打死了！”

他有点害羞似的微笑了，一面为我倒茶一面却轻轻地说：

“打不死的，日晒雨淋吃小米包谷长大的人，哪会轻易给人打死！”

我说：“我早知道你打不死，而且你还一定打死了人。我一切都知道。（说到这里时，我装成一切清清楚楚的神气。）你逃了，我明白你是什么诡计。你为的是不愿意跟在我身边好好读书，只想落草为王，故意生事逃走。可是你害得我们多难受！那教你算学的长胡子先生，自从你失踪后，他在上海各处托人打听你，奔跑了三天，为你差点儿不累倒！”

“那山羊胡子先生找我吗？”

“什么？‘山羊胡子先生’！”这字眼儿真用得不雅相，不斯文。被他那么一说，我预备要说的话也接不下去了。

可是我看看他那双大手以及右手腕上那个夹金表，就明白我如今正是同一个大兵说话，并不是同四年前那个“虎雏”说话了。我错了，得纠正自己。于是我模仿粗暴笑了一下，且学作军官们气魄向他说：

“我问你，你为什么打死人？怎么又逃了回来？不许瞒我一字，全为我好好说出来！”

他仍然很害羞似的微笑着，告给我那件事情的一切经过。旧事重提，显然在他这种人并不什么习惯，因此不多久，他就把话改到目前一切来了。他告我上一个月在铜仁方面的战事，本军死了多少人。且告我乡下种种情形，家中种种情形。谈了大约一点钟，我那哥哥穿了他新做的宝蓝缎面银狐长袍，夹了一大卷京沪报纸，口中嘘嘘吹着奇异调门，从军官朋友家里谈论政治回来了，我们的谈话方始中断。

到我生长那个石头城苗乡里去，我的路程尚应当有四个日子，两天坐原来那只小船，两天还坐了小而简陋的山轿，走一段长长的山路。在船上虽一切陌生，我还可以用点钱使划船的人同我亲热起来。而且各个码头吊脚楼的风味，永远又使我感觉十分新鲜。至于这样严冬腊月，坐两整天的轿子，路上过关越卡，且得经过几处出过杀人流血案子的地方，第一个晚上，又必须在一个最坏的站头上歇脚，若没有熟人，可真有点儿麻烦了。吃晚饭时，我向我那个哥哥提议，借这个副爷送我一趟。因此第二天上路时，这小豹子就同我一起上了路。临行时哥哥别的不说，只嘱咐他“不许同人打架”。看那样子，就可知道“打架”还是这个年轻人的快乐行径。

在船上我得了同他对面谈话的方便，方知道他原来八岁里就用石头从高处砸坏了一个比他大过五岁的敌人。上海那件事发生时，在他面前倒下的，算算已是第三个了。近四年来因为跟随我那上校弟弟驻防溆浦，派归特务连服务，于是在正当决斗情形中，倒在他面前的敌人数目比从前又增加了一倍。他年纪到如今只十八岁，就亲手放翻了六个敌人，而且照他说来，敌人全超过了他一大把年龄。好一个漂亮战士！这小子大致因为还有点怕我，所以在我面前还装得怪斯文，一句野话不说，一点蛮气不露，单从那样子看来，我就不很相信他能同什么人动手，而且一动手必占上风。

船上他一切在行，篙桨皆能使用，做事时灵便敏捷，似乎比那个小水手还得力。船搁了浅，弄船人无法可想，各跳入急水中去扛船时，他也就把上下衣服脱得光光的，跳到水中去帮忙。（我得提一句，这是十二月！）

照风气，一个体面军官的随从，应有下列几样东西：一个奇异牌的手电灯，一枚金手表，一支匣子炮。且同上司一样，身上军服必异常整齐。手电灯用来照路，内地真少不了它。金手表则当军官发问：“护兵，什么时候了？”就举起手看一看来回答。至于匣子炮，用处自然更多了。我那弟弟原是一个射击选手，每天出野外去，随时皆有目标拍的来那么一下。有时自己不动手，必命令勤务兵试试看。（他们每次出门至少得耗去半夹子弹。）但这小豹子既跟在我身边，带枪上路除了惹祸可以说毫无用处。我既不必防人刺杀，同时也无意打人一枪，故临行时我不让他佩枪，且要他把军服换上一套爱国呢中山服。解除了武装，看样子，他已完全不像个军人，只近于一个喜事好弄的中学生了。

我不曾经提到过，我这次回来，原是翻阅一本用人事组成的历史吗？当他跳下水去扛船时，我记起四年前他在上海与我同住的情形。当时我曾假想他过四年后能入大学一年级。现在呢，这个人却正同船上水手一样，为了帮水手忙扛船不动，又湿淋淋地攀着船舷爬上了船，捏定篙子向急水中乱打，且笑嘻嘻地大声喊嚷。我在船舱里静静地望着他，我心想：幸好我那荒唐打算有了岔儿，既不曾把他的身体用学校锢定，也不曾把他的性灵用书本锢定。这人一定要这样发展才像个人！他目前一切，比起住在城里大学校的大学生，开运动会时在场子中呐喊吆喝两声，饭后打打球，开学日集合好事同学通力合作折磨折磨新学生，派头可来得大多了。

等到船已挪动水手皆上了船时，我喊他：

“祖送，祖送，唉唉，你不冷吗？快穿起你的衣来！”

他一面舞动手中那支篙子，一面却说：

“冷呀，我们在辰州前些日子还邀人泅过大河！”

到应吃午饭时，水手无空闲，船上烧水煮饭的事完全由他做。

把饭吃过后，想起临行时哥哥嘱咐他的话，要他详详细细地来告给我那一点把对手放翻时的“经验”，以及事前事后的“感想”。“故事”上半天已说过了，我要明白的只是那些故事对于他本人的“意义”。我在他那种叙述上，我敢说我当真学了一门希奇的功课。

他的坦白，他的口才，皆帮助我认识一个人一颗心在特殊环境下所有的式样。他虽一再犯罪却不应受何种惩罚。他并不比他的敌人强悍，只是能忍耐，知等待机会，且稍稍敏捷准确一点儿罢了。当他一个人被欺侮时，他并不即刻发作，他显得很老实，沉默，且常常和气地微笑。“大爷，你老哥要这样，还有什么话说吗？谁敢碰你老哥？请老哥海涵一点……”可是，一会儿，“小宝”飕的抽出来，或是一板凳一柴块打去，这“老哥”在措手不及情形中，哽了一声便被他弄翻了。完事后必须跑的自然就一跑，不管是税卡，是营上，或是修械厂。到一个新地方，住在棚里闲着，有什么就吃什么，不吃也饿得起，一见别人做事，就赶快帮忙去做，用勤快溜刷引起头目的注意。直到补了名字，因此把生活又放在一个新的境遇新的门路上当作赌注押去。这个人打去打来总不离开军队，一点生存勇气的来源却亏得他家祖父是个为国殉职的游击。“将门之子”的意识，使他到任何境遇里皆能支撑能忍受。他知道游击同团长名分差不多，他希望作团长。他记得一句格言：“万丈高楼平地起。”他因此永远能用起码名分在军队里混。

对于这个人的性格我不希奇，因为这种性格从三厅屯垦军子弟中随处可以发现。我只希奇他的命运。

小船到辰河著名的“箱子岩”上游一点，河面起了风，小船拉起一面风帆，在长潭中溜去。我正同他谈及那老游击在台湾与日本人作战殉职的遗事，且劝他此后凡事忍耐一点，应把生命押在将来对外战争上，不宜于仅为小小事情轻生决斗。想要他明白私斗一则不算脚色，二则妨碍事业。见他把头低下去，长长地叹了一口气，我以为所说的话有了点儿影响，心中觉得十分快乐。

经过一个江村时，有个跑差军人身穿军服斜背单刀正从一只方头渡船上过渡，一见我们的小船，装载极轻，走得很快，就喊我们停船，想搭便船上行。船上水手知道包船人的身份，就告给那军人，说不方便，不能停船。

赶差军人可不成，非要我们停船不可。说了些恐吓话，水手还是不理会。我正想告给水手要他收帆停船，让那个军人搭坐搭坐，谁知那军人性急火大，等不得停船，已大声辱骂起来了。小豹子原蹲在船舱里，这时方爬出去打招呼：

“弟兄，弟兄，对不起，请不要骂！我们船小，也得赶路。后面有船来，你搭后面那一只船吧。”

那一边看看船上是一个中学生样子人物，就说：

“甚么对不起，赶快停停！掌舵的，你不停船我×你的娘，到码头时我要用刀杀你这狗杂种！”

那个掌梢人正因为风紧帆饱，一面把帆绳拉着，一面就轻轻地回骂：“你杀我个鸡公，我怕你！”

小豹子却依然向那军人很和气地说：“弟兄，弟兄，你不要骂人！全是出门人，不要开口就骂人！”

“我要骂人怎么样，我骂你，我就骂你，你个小狗崽子，你到码头等我！”

我担心这口舌，便喊叫他，“祖送！”

小豹子被那军人折辱了，似乎记起我的劝告，一句话不说，摇摇头，默然钻进了船舱里。只自言自语地说：“开口就骂人，不停船就用刀吓人，真丢我们军人的丑。”

那时节跑差军人已从渡船上了岸，还沿河追着我们的小船大骂。

我说：“祖送，你同他说明白一下好些，他有公事我们有私事，同是队伍里的人，请他莫骂我们，莫追我们。”

“不讲道理让他去，不管他。他疑心这小船上有女人，以为我们怕他！”

小船挂帆走风，到底比岸上人快一些，一会儿，转过山岨时，那个军人就落后了。

小船停到××时，水手全上岸买菜去了，小豹子也上岸买菜去了，各人去了许久方回来。把晚饭吃过后，三个水手又说得上岸有点事，想离开船，小豹子说：

“你们怕那个横蛮兵士找来，怕甚么？不要走，一切有我！这是大码头，有我们部队驻扎到这里，凡事得讲个道理！”

几个船上人虽分辩，仍然一同匆匆上岸去了。

到了半夜水手们还不回来睡觉，我有点儿担心，小豹子只是笑。我说：

“几个人会被那横蛮军人打了，祖送，你上去找找看！”

他好像很有把握笑着说：“让他们去，莫理他们。他们上烟馆同大脚妇人吃荤烟去了，不会挨打。”

“我担心你同那兵士打架，惹了祸真麻烦我。”

他不说甚么，只把手电灯照他手上的金表，大约因为表停了，轻轻地骂了两句野话。待到三个水手回转船上时，已半夜过了。

第二天一早，天还未大明，船还不开头，小豹子就在被中咕喽咕喽笑。我问他笑些甚么，他说：

“我夜里做梦，居然被那横蛮军人打了一顿。”

我说：“梦由心造，明明白白是你昨天日里想打他，所以做梦就挨打。”

那小豹子睡眼迷朦地说：“不是日里想打他，只是昨天煞黑时当真打了那家伙一顿！”

“当真吗？你不听我话，又闹乱子打架了吗？”

“哪里哪里，我不说同谁打什么架！”

“你自己承认的，我面前可说谎不得！你说谎我不要你跟我。”

他知道他露了口风，把话说走，就不再作声了，咕咕笑将起来。原来昨天上岸买菜时，他就在一个客店里找着了那军人，把那军人嘴巴打歪，并且差一点儿把那军人膀子也弄断了。我方明白他昨天上岸买菜去了许久的理由。

第三辑

湘西明在眼

市　集

廉纤的毛毛细雨，在天气还没有大变以前欲雪未能的时节，还是霏霏微微落将不来。一个小小乡场，位置在又高又大陡斜的山脚下，前面濒着身小身小儿的河，被如烟如雾雨丝织成的帘幕，一起把它蒙罩着了。

照例的三八市集，还是照例的有好多好多乡下人，小田主，买鸡到城里去卖的小贩子，花幞头大耳环丰姿隽逸的苗姑娘，以及一些穿灰色号褂子口上说是来察场讨人烦腻的副爷们，与穿高筒子老牛皮靴的团总，各从附近的乡村来做买卖。他们的草鞋底半路上带了无数黄泥浆到集上来，又从场上大坪坝内带了不少的灰色浊泥归去。去去来来，人也数不清多少。

集上的骚动，吵吵闹闹，凡是到过南方（湖湘以西）乡下的人，是都会知道的。

倘若你是由远远的另一处地方听着，那种喧嚣的起伏，你会疑心到是滩水流动的声音了！

这种洪壮的潮声，还只是一般做生意人在讨论价钱时很和平的每个论调而起。就中虽也有遇到卖牛的场上几个人像唱戏黑花脸出台时那么大喊大嚷找经纪人，也有因秤上不公允而起口角——你骂我一句娘，我又骂你一句娘，你又骂我一句娘……然而究竟还是因为人太多，一两桩事，实在是万万不能做到的！

卖猪的场上，他们把小猪崽的耳朵提起来给买主看时，那种尖锐的嘶喊声，使人听来不愉快至于牙齿根也发酸。

卖羊的场上，许多美丽驯服的小羊儿咩咩地喊着。一些不大守规矩的大羊，无聊似的，两个把前蹄举起来，作势用前额相碰。大概相碰是可以驱逐无聊的，所以第一次“訇”的碰后，却又作势立起来为第二次预备。牛场却单独占据在场左边一个大坪坝，因为牛的生意在这里占了全部交易四分一以上。那里四面搭起无数小茅棚（棚内卖酒卖面），为一些成交后的田主们喝茶喝酒的地方。那里有大锅大锅煮得“稀糊之烂”的牛脏类下酒物，有大锅大锅香喷喷的肥狗肉，有从总兵营一带担来卖的高粱烧酒；也还有城里馆子特意来卖面的。假若你是城里人来这里卖面，他们因为想吃香酱油的缘故，都会来你馆子，那么，你生意便比其他铺子要更热闹了。

到城里时，我们所见到的东西，不过小摊子上每样有一点罢了！这里可就大不相同。单单是卖鸡蛋的地方，一排一排地摆列着，满箩满筐地装着，你数过去，总是几十担。辣子呢，都是一屋一屋搁着。此外干了的黄色草烟，用为染坊染布的五棓子和栎木皮，还未榨出油来的桐茶子，米场白镑白镑了的米，屠桌上大只大只失了脑袋刮得净白的肥猪，大腿大腿红膩膩还在跳动的牛肉……都多得怕人。

不大宽的河下，满泊着载人载物的灰色黄色小艇，一排排挤挤挨挨地相互靠着也难于数清。

集中是没有什么统系制度。虽然在先前开场时，总也有几个地方上的乡约伯伯，团总，守汛的把总老爷，口头立了一个规约，卖物的照着生意大小缴纳千分之几——或至万分之几，但也有百分之几——的场捐，或经纪佣钱，棚捐，不过，假若你这生意并不大，又不需经纪人，则不须受场上的拘束，可以自由贸易了。

到这天，做经纪的真不容易！脚底下笼着他那双厚底高筒的老牛皮靴子（米场的），为这个爬斗；为那个倒箩筐。（牛羊场的）一面为这个那个拉拢生意，身上让卖主拉一把，又让买主拉一把；一面又要顾全到别的地方因争持时闹出岔子的调排，委实不是好玩的事啊！大概他们声音都略略嚷得有点嘶哑，虽然时时为别人扯到馆子里去润喉。不过，他今天的收入，也就很可以酬他的劳苦了。

……

……

因为阴雨，又因为做生意的人各都是在别一个村子里住家，有些还得在散场后走到二三十里路的别个乡村去；有些专靠漂场生意讨吃的还待赶到明天那个场上的生意，所以散场很早。

不到晚炊起时，场上大坪坝似乎又觉得宽大空阔起来了！……再过些时候，除了屠桌下几只大狗在啃嚼残余因分配不平均在那里不顾命地奋斗外，便只有由河下送来的几声清脆篙声了。

归去的人们，也间或有骑着家中打篩的雌马，马项颈下挂着一串小铜铃叮叮当当跑着的，但这是少数；大多数还是赖着两只脚在泥浆里翻来翻去。他们总笑嘻嘻地担着箩筐或背一个大竹背笼，满装上青菜，萝卜，牛肺，牛肝，牛肉，盐，豆腐，猪肠子一类东西。手上提的小竹筒不消说是酒与油。有的拿草绳套着小猪小羊的颈项牵起忙跑；有的肩膊上挂了一个毛蓝布绣有白四季花或“福”字“万”字的褡裢，赶着他新买的牛（褡裢内当然已空）；有的却是口袋满装着钱心中满装着欢喜，——这之间各样人都有。

我们还有机会可以见到许多令人妒羡，赞美，惊奇，又美丽，又娟媚，又天真的青年老奶（苗小姐）和阿女牙（苗妇人）。

茶馆

游舫

凤　凰

这是一个作品里摘录出关乎凤凰的轮廓。

一个好事的人，若从百年前某种较旧一点的地图上寻找，一定可在黔北、川东、湘西一处极偏僻的角隅上，发现了一个名为“镇筸”的小点。那里同别的小点一样，事实上应有一个小小城市，在那城市中，安顿了数千户人口的。不过一切城市的存在，大部分皆在交通、物产、经济的情形下面，成为那个城市荣枯的因缘。这一个地方，却以另外一种意义无所依附而独立存在。试将那个用粗糙而坚实巨大石头砌成的圆城作为中心，向四方展开，围绕了这边疆僻地的孤城，约有五百余苗寨，各有千总守备镇守其间。有数十屯仓，每年屯数万石粮食为公家所有。五百左右的碉堡，二百左右的营汛。碉堡各用大石堆成。位置在山顶头，随了山岭脉络蜿蜒各处；营汛各位置在驿路上，布置得极有秩序。这些东西是在一百八十年前，按照一种精密的计划，各保持到相当距离，在周围附近三县数百里内，平均分配下来，解决了退守一隅常作暴动的边地苗族叛变的。两世纪来满清的暴政，以及因这暴政而引起的反抗，血染赤了每一条官道同每一个碉堡。到如今，一切不同了。碉堡多数业已残毁了，营汛多数成为民房了，人民已大半同化了。落日黄昏时节，站到那个巍然独在万山环绕的孤城高处，眺望那些远近残毁碉堡，还可依稀想见当时角鼓火炬传警告急的光景。这地方到今日此时，因为另一军事重心，一切均以一种迅速的情形在改变，在进步，同时这种进步，也就正消灭到过去一切。

地方统治者分数种，最上为天神，其次为官，又其次才为村长同执行巫术的神的侍奉者。人人洁身信神，守法怕官。城中居民每家俱有兵役，可按月各到营上领到一点银子，一份米粮，且可从官家领取二百年前被政府所没收的公田播种。

这地方本名镇筸城，后改凤凰厅，入民国后，才升级改名凤凰县。满清时辰沅永靖兵备道，镇筸镇总兵均驻节此地。辛亥革命后，湘西镇守使，辰沅道仍在此办公。除屯谷外，国家每月约用银六万到八万两经营此小小山城。地方居民不过五六千，驻防各处的正规兵士

却有七千。由于环境不同，直到现在其地绿营兵役制度尚保存不废，为中国绿营军制唯一残留之物。（引自《凤子》）

苗人放蛊的传说，由这个地方出发。辰州符的实验者，以这个地方为集中地。三楚子弟的游侠气概，这个地方因屯丁子弟兵制度，所以保留得特别多。在宗教仪式上，这个地方有很多特别处，宗教情绪（好鬼信巫的情绪）因社会环境特殊，热烈专诚到不可想象。小小县城里外大型建筑，不是庙宇就是祠堂，江西人经营的绸布业，会馆建筑特别壮丽华美。湘西之所以成为问题，这个地方人应当负较多责任。湘西的将来，不拘好或坏，这个地方人的关系都特别大。湘西的神秘，只有这一个区域不易了解，值得了解。

它的地域已深入苗区，文化比沅水流域任何一县都差得多，然而民国以来湖南的政治家熊希龄先生，却出生在那个小小县城里。地方可说充满了迷信，然而那点迷信，却被历史很巧妙地糅合在军人的情感里，因此反而增加了军人的勇敢性与团结性。去年在嘉善守兴登堡国防线抗敌时，作战之沉着，牺牲之壮烈，就见出迷信实无碍于它的军人职务。县城一个完全小学也办不好，可是许多青年却在部队中当过一阵兵后，辗转努力，得入正式大学，或陆军大学，成绩都很好。一些由行伍出身的军人，常识且异常丰富；个人的浪漫情绪与历史的宗教情绪结合为一，便成游侠者精神，领导得人，就可成为卫国守土的模范军人。这种游侠精神若用不得其当，自然也可以见出种种短处。或一与领导者离开，即不免在许多事上精力浪费。甚焉者即糜烂地方，尚不自知。总之，这个地方的人格与道德，应当归入另一型范。由于历史环境不同，它的发展也就不同。

凤凰军校阶级不独支配了凤凰，且支配了湘西沅水流域二十县。它的弱点与二十年来中国一般军人弱点相似，即知道管理群众，不大知道教育群众。知道管理群众，因此在统治下社会秩序尚无问题。不大知道教育群众，因此一切进步的理想都难实现。地方边僻，且易受人控制，如数年前领导者陈渠珍被何健压迫离职，外来贪污与本地土劣即打成一片，地方受剥削宰割，毫无办法。民性既刚直，团结性又强，领导者如能将这种优点成为一个教育原则，使湘西群众人人各有一种自尊和自信心，认为湘西人可以把湘西弄好，这工作人人有份，是每人责任也是每人权利，能够这样，湘西之明日，就大不相同了。

典籍上关于云贵放蛊的记载，放蛊必与仇怨有关，仇怨又与男女事有关。换言之，就是新欢旧爱得失之际，蛊可以应用作争夺工具或报复工具。中蛊者非狂即死，惟系铃人可以解铃。这倒是蛊字古典的说明，与本意相去不远。看看贵州小乡镇上任何小摊子上都可以公开地买红砒，就可知道蛊并无如何神秘可言了。但蛊在湘西却有另外一种意义，与巫，与此外少女的落洞致死，三者同源而异流，都源于人神错综，一种情绪被压抑后变态的发展。因年龄、社会地位和其他分别，穷而年老的，易成为蛊婆，三十岁左右的，易成为巫，十六岁到二十二三岁，美丽爱好性情内向而婚姻不遂的，易落洞致死。三者都以神为对象，产生一种变质女性神经病。年老而穷，怨愤郁结，取报复形式方能排泄感情，故蛊婆所作所为，即近于报复。三十岁左右，对神力极端敬信，民间传说如“七仙姐下凡”之类故事又多，结合宗教情绪与浪漫情绪而为一，因此总觉得神对她特别关心，发狂，呓语，天上地下，无往不至，必须作巫，执行人神传递愿望与意见工作，经众人承认其为神之子后，中和其情绪，狂病方不再发。年青貌美的女子，一面为戏文才子佳人故事所启发，一面由于美貌而有才情，婚姻不谐，当地武人出身中产者规矩又严，由压抑转而成为人神错综，以为被神所爱，因此死去。

善蛊的通称“草蛊婆”，蛊人称“放蛊”。放蛊的方法是用虫类放果物中，毒虫不外蚂蚁、蜈蚣、长蛇，就本地所有且常见的。中蛊的多小孩子，现象和通常害疳疾腹中生蛔虫差不多，腹胀人瘦，或梦见虫蛇，终于死去。病中若家人疑心是同街某妇人放的，就往去见见她，只作为随便闲话方式，客客气气地说：“伯娘，我孩子害了点小病，总治不好，你知道什么小丹方，告我一个吧。小孩子怪可怜！”那妇人知道人疑心到她了，必说：“那不要紧，吃点猪肝（或别的）就好了。”回家照方子一吃，果然就好了。病好的原因是“收蛊”。蛊婆的家中必异常干净，个人眼睛发红。蛊婆放蛊出于被蛊所逼迫，到相当时日必来一次。通常放一小孩子可以经过一年，放一树木（本地凡树木起瘪有蚁穴因而枯死的，多认为被放蛊死去）只抵两月，放自己孩子却可抵三年。蛊婆所住的街上，街邻照例对她都敬而远之地客气，她也就从不会对本街孩子过不去。（甚至于不会对全城孩子过不去。）但某一时若迫不得已使同街孩子或城中孩子因受蛊致死，好事者激起公愤，必把这个妇人捉去，放在大六月天酷日下晒太阳，名为“晒草蛊”。或用别的更残忍方法惩治。这事官方从不过问。即或这妇人在私刑中死去，也不过问。受处分的妇人，有些极口呼冤，有些又似乎以为罪有应得，默然无语。然情绪相同，即这种妇人必相信自己真有致人于死的魔力。还有些居然招供出有多少魔力，施行过多少次，某时在某处蛊死谁，某地方某大树枯树自焚也是她做的。在招供中且俨然得到一种满足的快乐。这样一来，照习惯必在毒日下晒三天，有些妇人被晒过后，病就好了，以为蛊被太阳晒过就离开了，成为一个常态的妇人。有些因此就死掉了，死后众人还以为替地方除了一害。其实呢，这种妇人与其说是罪人，不如说是疯婆子。她根本上就并无如此特别能力蛊人致命。这种妇人是一个悲剧的主角，因为她有点隐性的疯狂，致疯的原因又是穷苦而寂寞。

行巫者其所以行巫，加以分析，也有相似情形。中国其他地方巫术的执行者，同僧道相差不多，已成为一种游民懒妇谋生的职业。视个人的诈伪聪明程度，见出职业成功的多少。他的作为重在引人迷信，自己却清清楚楚。这种行巫，已完全失去了他本来性质，不会当真发疯发狂了。但凤凰情形不同。行巫术多非自愿的职业，近于“迫不得已”的差使。大多数本人平时为人必极老实忠厚，沉默寡言。常忽然发病，卧床不起，如有神附体，语音神气完全变过。或胡唱胡闹，天上地下，无所不谈。且哭笑无常，殴打自己，长日不吃，不喝，不睡觉。过三两天后，仿佛生命中有种东西，把他稳住了，因极度疲乏，要休息了，长长地睡上一天，人就清醒了。醒后对病中事竟毫无所知，别的人谈起他病中情形时，反觉十分羞愧。

可是这种狂病是有周期性的（也许还同经期有关系），约两三个月一次。每次总弄得本人十分疲乏，欲罢不能。按照习惯，只有一个方法可以治疗，就是行巫。行巫不必学习，无从传授，只设一神坛，放一平斗，斗内装满谷子，插上一把剪刀。有的什么也不用，就可正式营业。执行巫术的方式，是在神前设一座位，行巫者坐定，用青丝绸巾覆盖脸上。重在关亡，托亡魂说话，用半哼半唱方式，谈别人家事长短，儿女疾病，远行人情形。谈到伤心处，谈者涕泗横溢，听者自然更嘘泣不止。执行巫术后，已成为众人承认的神之子，女人的潜意识，因中和作用，得到解除，因此就不会再发狂病。初初执行巫术时，且照例很灵，至少有些想不到的古怪情形，说来十分巧合。因为有事前狂态作宣传，本城人知道的多，行巫近于不得已，光顾的老妇人必甚多，生意甚好。行巫虽可发财，本人通常倒不以所得多少关心，受神指定为代理人，不作巫即受惩罚，设坛近于不得已。行巫既久，自然就渐渐变成职业，使术时多做作处。世人的好奇心，这时又转移到新设坛的别一妇人方面去。这巫婆若为人老实，便因此撤了坛，依然恢复她原有的职业，或作奶妈，或做小生意，或带孩子。为人世故，就成为三姑六婆之一，利用身份，串当地有身份人家的门子，陪老太太念经，或如《红楼梦》中与赵姨娘合作同谋马道婆之流妇女，行使点小法术，埋在地下，放在枕边，使“仇人”吃亏。或更作媒作中，弄一点酬劳脚步钱。小孩子多病，命大，就拜寄她作干儿子。小孩子夜惊，就为“收黑”，用个鸡蛋，咒过一番后，黄昏时拿到街上去，一路喊小孩名字，“八宝回来了吗？”另一个就答，“八宝回来了，”一直喊到家，到家后抱着孩子手蘸唾沫抹抹孩子头部，事情就算办好了。行巫的本地人称为“仙娘”。她的职务是“人鬼之间的媒介”，她的群众是妇人和孩子。她的工作真正意义是她得到社会承认是神的代理人后，狂病即不再发。当地妇女实为生活所困苦，感情无所归宿，将希望与梦想寄在她的法术上，靠它得到安慰。这种人自然间或也会点小丹方，可以治小儿夜惊，膈食。用通常眼光看来，殊不可解，用现代心理学来分析，它的产生同它在社会上的意义，都有它必然的原因。一知半解的读书人，想破除迷信，要打倒它，否认这种“先知”，正说明另一种人的“无知”。

至于落洞，实在是一种人神错综的悲剧，比上述两种妇女病更多悲剧性。地方习惯是女子在性行为方面的极端压制，成为最高的道德。这种道德观念的形成，由于军人成为地方整个的统治者。军人因职务关系，必时常离开家庭外出，在外面取得对于妇女的经验，必使这种道德观增强，方能维持他的性的独占情绪与事实。因此本地认为最丑的事无过于女子不贞，男子听妇女有外遇。妇女若无家庭任何拘束，自愿解放，毫无关系的旁人亦可把女子捉来光身游街，表示与众共弃。下面的故事是另外一个最好的例。

旅长刘俊卿，夫人是一个女子学校毕业生，平时感情极好。有同学某女士，因同学时要好，在通信中不免常有些女孩子的感情的话。信被这位军官见到后，便引起疑心。后因信中有句话语近于男子说的：“嫁了人你就把我忘了”，这位军官疑心转增。独自驻防某地，有一天，忽然要马弁去接太太，并告马弁：“你把太太接来，到离这里十里，一枪给我把她打死，我要死的不要活的。我要看看她还有一点热气，不同她说话。你事办得好，一切有我；事办不好，不必回来见我。”马弁当然一切照办。当真把旅长太太接来防地，到要下手时，太太一看情形不对，问马弁是什么意思。马弁就告她这是旅长的意思。太太说：“我不能这样冤枉死去，你让我见他去说个明白！”马弁说：“旅长命令要这么办，不然我就得死。”末了两人都哭了。太太让马弁把枪口按在心子上一枪打死了，（打心子好让血往腔子里流！）轿夫快快地把这位太太抬到旅部去见旅长，旅长看看后，摸摸脸和手，看看气已绝了，不由自主淌了两滴英雄泪，要马弁看一副五百块钱的棺木，把死者装殓埋了。人一埋，事情也就完结了。

这悲剧多数人就只觉得死者可悯，因误会得到这样结果，可不觉得军官行为成为问题。倘若女的当真过去一时还有一个情人，那这种处置，在当地人看来，简直是英雄行为了。

女子在性行为所受的压制既如此严酷，一个结过婚的妇人，因家事儿女勤劳，终日织布，绩麻，做腌菜，家境好的还玩骨牌，尚可转移她的情绪，不至于成为精神病。一个未出嫁的女子，尤其是一个爱美好洁，知书识字，富于情感的聪明女子，或因早熟，或因晚婚，这方面情绪上所受的压抑自然更大，容易转成病态。地方既在边区苗乡，苗族半原人的神怪观影响到一切人，形成一种绝大力量。大树、洞穴、岩石，无处无神。狐、虎、蛇、龟，无物不怪。神或怪在传说中美丑善恶不一，无不赋以人性。因人与人相互爱悦的传说，和当前道德观念极端冲突，便产生人和神怪爱悦的传说，女性在性方面的压抑情绪，方借此得到一条出路。落洞即人神错综之一种形式。背面所隐藏的悲惨，正与表面所见出的美丽成分相等。

凡属落洞的女子，必眼睛光亮，性情纯和，聪明而美丽。必未婚，必爱好，善修饰，平时贞静自处，情感热烈不外露，转多幻想。间或出门，即自以为某一时无意中从某处洞穴旁经过，为洞神一瞥见到，欢喜了她。因此更加爱独处，爱静坐，爱清洁，有时且会自言自语，常以为那个洞神已驾云乘虹前来看她。这个抽象的神或为传说中的像貌，或为记忆中庙宇里的偶像样子，或为常见的又为女子所畏惧的蛇虎形状。总之这个抽象对手到女人心中时，虽引起女子一点羞怯和恐惧，却必然也感到热烈而兴奋。事实上也就是一种变形的自渎。等待到家中人注意这件事情深为忧虑时，或正是病人在变态情绪中恋爱最满足时。

通常男巫的职务重在和天地，悦人神，对落洞事即付之于职权以外，不能过问。辰州符重在治大伤，对这件事也无可如何。女巫虽可请本家亡灵对于这件事表示意见，或阴魂入洞探询消息，然而结未总似乎凡属爱情，即无罪过。洞神所欲，一切人力都近于白费。虽天王佛菩萨权力广大，人鬼同尊，亦无从为力。（迷信与实际社会互相映照，可谓相反相成。）事到末了，即是听其慢慢死去。死的迟早，都认为一切由洞神作主。事实上有一半近于女子自己作主。死时女子必觉得洞神已派人前来迎接她，或觉得洞神亲自换了新衣骑了白马来接她，耳中有箫鼓竞奏，眼睛发光，脸色发红，间或在肉体上放散一种奇异香味含笑死去。死时且显得神气清明，美艳照人。真如诗人所说："她在恋爱之中，含笑死去。"家中人多泪眼莹然相向，无可奈何。只以为女儿被神所眷爱致死。料不到女儿因在人间无可爱悦，却爱上了神，在人神恋与自我恋情形中消耗其如花生命，终于衰弱死去。

女子落洞致死的年龄，迟早不等，大致在十六到二十四五左右。病的久暂也不一，大致由两年到五年，落洞女子最正当的治疗是结婚，一种正常美满的婚姻，必然可以把女子从这种可怜的生活中救出。可是照习惯这种为神眷顾的女子，是无人愿意接回家中作媳妇的。家中人更想不到结婚是一种最好的法术和药物。因此末了终是一死。

湘西女性在三种阶段的年龄中，产生蛊婆女巫和落洞女子。三种女性的歇思底里，就形成湘西的神秘之一部分。这神秘背后隐藏了动人的悲剧，同时也隐藏了动人的诗。至如辰州符，在伤科方面用催眠术和当地效力强不知名草药相辅为治，男巫用广大的戏剧场面，在一年将尽的十冬腊月，杀猪宰羊，击鼓鸣锣，来作人神和乐的工作，集收人民的宗教情绪和浪漫情绪，比较起来，就见得事很平常，不足为异了。

浪漫情绪和宗教情绪两者混而为一，在女子方面，它的排泄方式，有如上所述说的种种。在男子方面，则自然而然成为游侠者精神。这从游侠者的道德观所表现的宗教性和戏剧性也可看出。妇女道德的形成，与游侠者的道德观大有关系。游侠者对同性同道称哥唤弟，彼此不分。故对于同道眷属亦视为家中人，呼为嫂子。子弟儿郎们照规矩与嫂子一床同宿，亦无所忌。但条款必遵守，即“只许开弓，不许放箭”。条款意思就是同住无妨，然不能发生关系。若发生关系，即为犯条款，必受严重处分。这种处分仪式，实充满宗教性和戏剧性。下面一件记载，是一个好例。这故事是一个参加过这种仪式的朋友说的。

在野地排三十六张方桌（象征梁山三十六天罡），用八张方桌重叠为一个高台，桌前掘个一尺八丈见方的土坑，用三十六把尖刀竖立坑中，刀锋向上，疏密不一。预先用浮土掩着，刀尖不外露。所有弟兄哥子都全副戎装到场，当时流行的装束是：青绉绸巾裹头，视耳边下垂巾角长短表示身份。穿纸甲，用棉纸捶炼而成，中夹头发，作成背心式样，轻而柔韧，可以避刀丸。外穿密钮打衣，袖小而紧。佩平时所长武器，多单刀双刀，小牛皮刀鞘上绘有绿云红云，刀环上系彩绸，作为装饰。着青裤，裹腿，腿部必插两把黄鳝尾小尖刀。赤脚，穿麻练鞋。桌上排定酒盏，燃好香烛，发言的必先吃血酒盟心。（或咬一公鸡头，将鸡血滴入酒中，或咬破手指，将本人血滴入酒中。）“管事”将事由说明，请众议处。事情是一个作大哥的嫂子有被某“老幺”调戏嫌疑，老幺犯了某条某款。女子年青而貌美，长眉弱肩，身材窈窕，眼光如星子流转。男的不过二十岁左右，黑脸长身，眉目英悍。管事把事由说完后，女子继即陈述经过，那青年男子在旁沉默不语。此后轮到青年开口时，就说一切都出于诬蔑。至于为什么诬蔑，他不便说，嫂子应当清清楚楚。那意思说是说嫂子对他有心，他无意。既经否认，各执一说，“执法”无从执行处分，因此照规矩决之于神。青年男子把麻鞋脱去，把衣甲脱去，光身赤脚爬上那八张方桌顶上去。毫无惧容，理直气壮，奋身向土坑跃下，出坑时，全身丝毫无伤，照规矩即已证实心地光明，一切出于受诬。其时女子头已低下，脸色惨白，知道自己命运不佳，业已失败，不能逃脱。那大哥揪着女的发髻，跪到神桌边去，问她；“还有什么话说？”女的说：“没有什么说的。冤有头，债有主。凡事天知道。”引颈受戮，不求饶也不狡辩，一切沉默。这大哥看看四面八方，无一个人有所表示，于是拔出背上单刀，一刀结果了这个因爱那小兄弟不遂心，反诬他调戏的女子。头放在神桌前，眉目下垂如熟睡。一伙哥子弟兄见事已完，把尸身拖到原来那个土坑里去，用刀掘土，把尸身掩埋了。那个大哥和那个幺兄弟，在情绪上一定都需要流一点眼泪，但身份上的习惯，却不许一个男子为妇人显出弱点，都默默无言，各自走开。

类乎这种事情还很多。都是浪漫与严肃，美丽与残忍，爱与怨交缚不可分。

游侠者行径在当地也另成一种风格，与国内近代化的青红帮稍稍不同。重在为友报仇，扶弱锄强，挥金如土，有诺必践。尊重读书人，敬事同乡长老。换言之，就是还能保存一点古风。有些人虽能在川黔湘鄂边境数省号召数千人集会，在本乡却谦虚纯良，犹如一乡巴佬。有兵役的且依然按时入衙署当值，听候差遣作小事情，凡事照常。赌博时用小铜钱三枚跌地，名为“板三”，看反覆、数目，决定胜负，一反手间即输黄牛一头，银元一百两百，输后不以为意，扬长而去，从无翻悔放赖情事。决斗时两人用分量相等武器，一人对付一人，虽亲兄弟只能袖手旁观，不许帮忙。仇敌受伤倒下后，即不继续填刀，否则就被人笑话，失去英雄本色，虽胜不武。犯条款时自己处罚自己，割手截脚，脸不变色，口不出声。总之，游侠观念纯是古典的，行为是与太史公所述相去不远的。二十年闻名于川黔湘鄂各边区凤凰人田三怒，可为这种游侠者一个典型。年纪不到十岁，看木傀儡戏时，就携一血梼木短棒，在戏声中向屯垦军子弟不端重地横蛮地挑衅，或把人痛殴一顿，或反而被人打得头破血流，不以为意。十二岁就身怀黄鳝尾小刀，称“小老幺”，三江四海口诀背诵如流。家中老父开米粉馆，凡小朋友照顾的，一例招待，从不接钱。十五岁就为友报仇，走七百里路到常德府去杀一木客镖手，因听人说这个镖手在沅州有意调戏一个妇人，曾用手触过妇人的乳部，这少年就把镖手的双手砍下，带到沅州去送给那朋友。年纪二十岁，已称“龙头大哥”，名闻边境各处。然在本地每日抱大公鸡往米场斗鸡时，一见长辈或教学先生，必侧身在墙边让路，见女人必低头而过，见做小生意老妇人，必叫伯母，见人相争相吵，必心平气和劝解，且用笑话使大事化为小事。周济逢丧事的孤寡，从不出名露面。各庙宇和尚尼姑行为有不正当的，恐败坏当地风俗，必在短期中想方设法把这种不守清规的法门弟子逐出境外。作为龙头后身边子弟甚多，龙蛇不一，凡有调戏良家妇女，或因赌博撒赖，或倚势强夺经人告诉的，必招来把事情问明白，照条款处办。执法老幺，被派往六百里外

山前绣户

河边幽居

杀人，随时动员，如期带回证据。结怨甚多，积德亦多。身体瘦黑而小，秀弱如一小学教员，不相识的绝不会相信这是湘西一霸。

光棍服软不服硬，白羊岭有一张姓汉子，出门远走云贵二十年，回家时与人谈天，问：“本地近来谁有名？”或人说：“田三怒。”姓张的稍露出轻视神气：“田三怒不是正街卖粉的田家小儿子？”当夜就有人去叫张家的门，在门外招呼说：“姓张的，你明天天亮以前走路，不要在这个地方住。不走路后天我们送你回老家。”姓张的不以为意，可是到后天大清早，有人发现他在一个桥头上斜坐着。走近身看看，原来两把刀插在心窝上，人已经死了。另外有个姓王的，卖牛肉讨生活，过节喝了点酒，酒后忘形，当街大骂田三怒不是东西，若有勇气，可以当街和他比比。正闹着，田三怒却从街上过身，一切听得清清楚楚。事后有人赶去告给那醉汉的母亲，老妇人听说吓慌了，赶忙去找他，哭哭啼啼，求他不要见怪。并说只有这个儿子，儿子一死，自己老命也完了。田三怒只是笑，说：“伯母，这是小事情，他喝了酒，乱说玩的。我不会生他的气。谁也不敢挨他，你放心。”事后果然不再追究。还送了老妇人一笔钱，要那儿子开个面馆。

田三怒四十岁后，已豪气稍衰，厌倦了风云，把兄弟遣散，洗了手，在家里养马种花过日子。间或骑了马下乡去赶场，买几只斗鸡，或携细尾狗，带长网去草泽地打野鸡，逐鹌鹑，猎猎野猪，人料不到这就是十年前在川黔边境增加了凤凰人光荣的英雄田三怒。本人也似乎忘记自己做了些什么事。一天下午，牵了他那两匹骏健白马出城下河去洗马。城头上有两个懦夫居高临下，用两支匣子炮由他身背后打了约十三发子弹，有两粒子弹打在后颈上，五粒打在腰背上。两匹白马受惊，脱了缰沿城根狂奔而去。老英雄受暗算后，伏在水边石头上，勉强翻过身来，从怀中掏出小勃朗宁拿在手上，默默无声。他知道等等就会有人出城来的。不一会，懦夫之一果然提着匣子炮出城来了，到离身三丈左右时，老英雄手一扬起，枪声响处那懦夫倒下，子弹从左眼进去，即刻死了。城头上那个懦夫在隐蔽处重新打了五枪。田三怒教训他："狗杂种，你做的事丢了镇筸人的丑。在暗中射冷箭，不像个男子。你怎不下来？"懦夫不作声。原来城上来了另外的人，这行刺的就跑了。田三怒知道自己不济事了，在自己太阳穴上打了一枪，便如此完结了自己，也完结了当地最后一个游侠者。

派人做这件事情的，到后才知道是一个姓唐的。这个人也可称为苗乡一霸。辛亥革命领率苗民万人攻城，牺牲苗民将近六千人，北伐时随军下长江，曾任徐海警备司令。卸职还乡后称"司令官"，在离城十里长宁哨新房子中居家纳福。事有凑巧，做了这件事后，过后数年，这人居然被一个驻军团长，不知天高地厚，把他捉来放在牢里，到知道这事不妥时，人已病死狱中了。

田三怒子弟极多，十年来或因年事渐长，血气已衰，改业为正经规矩商人。或带剑从军，参加各种内战，牺牲死去。或因犯案离乡，漂流无踪。在日月交替中，地方人物新陈代谢，风俗习惯日有不同。因此到近年来，游侠者精神虽未绝，所有方式已大大有了变化。在那万山环绕的小小石头城中，田三怒的姓名，已逐渐为人忘却，少年子弟中有从图书杂志上知道“飞将军”“小黑炭”“美人鱼”等人的，却不知道田三怒是谁。

当年田三怒得力助手之一，到如今还好好存在，为人依然豪侠好客，待友以义，在苗民中称领袖，这人就是去年使湘西发生问题，迫何键去职，使湖南政治得一转机的龙云飞。二十年前眼目精悍，手脚麻利，勇敢如豹子，轻捷如猿猴，身体由城墙头倒掷而下，落地时尚能作矮马桩姿势。在街头与人决斗，杀人后下河边去洗手时，从从容容如毫不在意。现在虽尚精神矍铄，面目光润，但已白发临头，谦和宽厚如一长者。回首昔日，不免有英雄老去之慨！

这种游侠者精神既浸透了三厅子弟的脑子，所以在本地读书人观念上也发生影响。军人政治家，当前负责收拾湘西的陈老先生，年过六十，体气精神，犹如三十许青年壮健，平时律己之严，驭下之宽，以及处世接物，带兵从政，就大有游侠者风度。少壮军官中，如师长顾家齐，戴季韬辈，虽受近代化训练，面目文弱和易如大学生，精神上多因游侠者的遗风，勇鸷剽悍，好客喜弄，如太史公传记中人。诗人田星六，诗中就充满游侠者霸气。山高水急，地苦雾多，为本地人性格形成之另一面。游侠者精神的浸润，产生过去，且将形成未来。

常德的船

常德就是武陵，陶潜的《搜神后记》上《桃花源记》说的渔人老家，应当摆在这个地方。德山在对河下游，离城市二十余里，可说是当地唯一的山。汽车也许停德山站，也许停县城对河另一站。汽车不必过河，车上人却不妨过河，看看这个城市的一切。地理书上告给人说这里是湘西一个大码头，是交换出口货与入口货的地方。桐油、木料、牛皮、猪肠子和猪鬃毛，烟草和水银，五棓子和鸦片烟，由川东、黔东、湘西各地用各色各样的船只装载到来，这些东西全得由这里转口，再运往长沙武汉的。子盐、花纱、布匹、洋货、煤油、药品、面粉、白糖，以及各种轻工业日用消耗品和必需品，又由下江轮驳运到，也得从这里改装，再用那些大小不一的船只，分别运往沅水各支流上游大小码头去卸货的。市上多的是各种庄号。各种庄号上的坐庄人，便在这种情形下成天如一个磨盘，一种机械，为职务来回忙。邮政局的包裹处，这种人进出最多。长途电话的营业处，这种坐庄人是最大主顾。酒席馆和妓女的生意，靠这种坐庄人来维持。

除了这种繁荣市面的商人，此外便是一些寄生于湖田的小地主，作过知县的小绅士，各县来的男女中学生，以及外省来的参加这个市面繁荣的掌柜、伙计、乌龟、王八。全市人口过十万，街道延长近十里，一个过路人到了这个城市中时，便会明白这个湘西的咽喉，真如所传闻，地方并不小。可是却想不到这咽喉除吐纳货物和原料以外，还有些什么东西。作这种吐纳工作，责任大，工作忙，性质杂，又是些什么人。假若一旦没有了他们，这城市会不会忽然成为河边一个废墟？这种人照例触目可见，水上城里无一不可碰头，却又最容易为旅行者所疏忽。我想说的是真正在控制这个咽喉，支配沅水流域的几万船户。

这个码头真正值得注意令人惊奇处，实也无过于船户和他所操纵的水上工具了。要认识湘西，不能不对他们先有一种认识。要欣赏湘西地方民族特殊性，船户是最有价值材料之一种。

一个旅行者理想中的武陵，渔船应当极多。到了这里一看，才知道水面各处是船只，可是却很不容易发现一只渔船。长河两岸浮泊的大小船只，外行人一眼看去，只觉得大同小异，事实上形制复杂不一，各有个性，代表了各个地方的个性。让我们从这方面来多知道一点，对于我们也许有些便利处。

船只最触目的三桅大方头船，这是个外来客，由长江越湖来的，运盐是它主要的职务。它大多数只到此为止，不会向沅水上游走去。普通人叫它作“盐船”，名实相副。船家叫它作“大鳅鱼头”，《金陀粹编》上载岳飞在洞庭湖水擒杨幺故事，这名字就见于记载了，名字虽俗，来源却很古。这种船只大多数是用乌油漆过，所以颜色多是黑的。这种船按季候行驶，因为要大水大风方能行动。杜甫诗上描绘的“洋洋万斛船，影若扬白虹”，也许指的就是这种水上东西。

比这种盐船略小，有两桅或单桅，船身异常秀气，头尾突然收敛，令人入目起尖锐印象，全身是黑的，名叫“乌江子”。它的特长是不怕风浪，运粮食越湖。它是洞庭湖上的竞走选手。形体结构上的特点是桅高，帆大，深舱，锐头。盖舱篷比船身小，因为船舷外还有护舱板，弄船人同船只本身一样，一看很干净，秀气斯文，行船既靠风，上下行都使帆，所以帆多整齐，船上用的水手不多，仅有的水手会拉篷，摇橹，撑篙，不会荡桨——这种船上便不常用桨。放空船时妇女还可代劳掌舵。这种船间或也沿河上溯，数目极少，船身材料薄，似不宜于冒险。这种船在沅水流域也算是外来客。

在沅水流域行驶，表现得富丽堂皇，气象不凡，可称为巨无霸的船只，应当数“洪江油船”。这种船多方头高尾，颜色鲜明，间或且有一点金漆装饰，尾梢有舵楼，可以安置家眷。大船下行可载三四千桶桐油，上行可载两千件棉花，或一票食盐。用橹手二十六人到四十人，用纤手三十人到六七十人，必待春水发后方上下行驶，路线系往返常德和洪江。每年水大至多上下三五回，其余大多时节都在休息中，成排结队停泊河面，俨然是河上的主人，船主照例是麻阳人，且照例姓滕，善交际，礼数清楚。常与大商号中人拜把子，攀亲家。行船时站在船后檀木舵把边，庄严中带点从容不迫神气，口中含了个竹马鞭短烟管，一面看水，一面吸烟。遇有身份的客人搭船，喝了一杯酒后，便向客人一五一十叙述这只油船的历史，载过多少有势力的军人、阔佬，或名驰沅水流域的妓女。换言之，就是这只船与当地“历史”发生多少关系！这种船只上的一切东西，无一不巨大坚实。船主的装束在船上时看不出什么特别处，上岸时却穿长袍（下脚过膝三四寸），罩青羽绫马褂，戴呢帽或小缎帽，佩小牛皮抱肚，用粗大银链系定，内中塞满了银元。穿生牛皮靴子，走路时踏得很重。个子高高的，瘦瘦的。有一双大手，手上满是黄毛和青筋。会喝酒，打牌，且豪爽大方，吃花酒应酬时，大把银元钞票从抱肚掏出，毫不吝啬。水手多强壮勇敢，眉目精悍，善唱歌、泅水、打架、骂野话。下水时如一尾鱼，上岸接近妇人时像一只小公猪。白天弄船，晚上玩牌，同样做得极有兴致。船上人虽多，却各有所事，从不紊乱。舱面永远整洁如新。拔锚开头时，必擂鼓敲锣，在船头烧纸烧香，煮白肉祭神，燃放千子头鞭炮，表示人神和乐，共同帮忙，一路福星。在开船仪式与行船歌声中，使人想起两千年前《楚辞》发生的原因，现在还好好地保留下来，今古如一。

比洪江油船小些，形式仿佛比较笨拙些（一般船只用木板作成，这种船竟像用木柱作成），平头大尾，一望而知船身十分坚实，有斗拳师的神气，名叫“白河船”。白河即酉水的别名。这种船只即行驶于沅水由常德到沅陵一段，酉水由沅陵到保靖一段。酉水滩流极险，船只必经得起磕撞。船只必载重方能压浪，因此尾部如臀，大而圆。下行时在船头缚大木桡一两把。木桡的用处是船只下滩，转头时比舵切于实际。照水上人俗谚说：“三桨不如一篙，三橹不如一桡。”桡读作“招”。酉水浅而急，不常用橹，篙桨用处多，因此篙多特别长大，桨较粗硕，肥而短。船篷用粽子叶编成，不涂油。船主多永顺保靖人，姓向姓王姓彭占多数。酉水河床窄，滩流多，为应付自然，弄船人所需要的勇敢能耐也较多。行船时常用相互诅骂代替共同唱歌，为的是受自然限制较多，脾气比较坏一点。酉水是传说中古代藏书洞穴所在地，多的是高大宏敞充满神秘的洞穴。由沅陵起到酉阳止，沿酉水流域的每个县分总有几个洞穴。可是如沅陵的大酉洞、二酉洞，保靖的狮子洞，酉阳的龙洞，这些洞穴纵有书籍也早已腐烂了。到如今这条河流最多的书应当是宝庆纸客贩卖的石印本历书，每一条船上照例都有一本“皇历”。船家禁忌多，历书是他们行动的宝贝。河水既容易出事情，个人想减轻责任，因此凡事都俨然有天作主，由天处理，照书行事，比较心安，也少纠纷，船只出事时有所借口。酉水流域每个县分的船只，在形式上又各不相同，不过这些船不出白河，在常德能看到的白河油船，形体差不多全是一样。

沅水中部的辰溪县，出白石灰和黑煤，运载这两种东西的本地船叫作“辰溪船”，又名“广舶子”。它的特点和上述两种船只比较起来，显得材料脆薄而缺少个性。船身多是浅黑色，形状如土布机上的梭子，款式都不怎么高明。下行多满载一些不值钱的货，上行因无回头货便时常放空。船身脏，所运货又少时间性，满载下驶，危险性多，搭客不欢迎，因之弄船人对于清洁、时间就不甚关心。这种船上的席篷照例是不大完整的，布帆是破破碎碎的，给人印象如一个破落户。弄船人因闲而懒，精神多显得萎靡不振。

洞河（即泸溪）发源于乾城苗乡大小龙洞，和凤凰苗乡乌巢河，两条小河在乾城县的所里市相汇。向东流，到泸溪县，方和沅水同流，在这条河里的船就叫“洞河船”，河源主流由苗乡梨林地方两个洞穴中流出，河床是乱石底子，所以水特别清，水性特别猛。船身必须从撞磕中挣扎，河身既小，船身也比较轻巧。船舷低而平，船头窄窄的。在这种船上水手中，我们可以发现苗人。不过见着他时我们不会对他有何惊奇，他也不会对我们有何惊奇。这种人一切和别的水上人都差不多，所不同处，不过是他那点老实、忠厚、纯朴、戆直性情——原人的性情，因为住在山中，比城市人保存得多点罢了。乾城人极聪明文雅，小手小脚小身材，唱山歌时嗓子非常好听，到码头边时，可特别沉默安静。船只太小了，不常有机会到这大码头边靠船。这种船停泊在河面时似乎很羞怯，正如水手们上街时一样羞怯。

乾城用所里作本县吐纳货物的水码头。地方虽不大，小小石头城却很整齐干净，且出了几个近三十年来历史上有名姓的人物。段祺瑞时代的陆军总长傅良佐将军，是生长在这个小县城里的。东北军宿将，国内当前军人中称战术权威的杨安铭将军，也是这地方人。

在河上显得极活动，极有生气，而且数量极多的，是普通的中型“麻阳船”。这种船头尾高举，秀拔而灵便。这种船只的出处是麻阳河（即辰溪）。每只船上都可见到妇人、孩子、童养媳。弄船人一面担负商人委托的事务，一面还担负上帝派定的工作，两方面都异常称职。沅水流域的转运事业，大多数由这地方人支配，人口繁荣的结果，且因此在常德城外多了一条麻阳街。“一切成功都必需争斗”，这原则也可用作麻阳街的说明。据传说，这条街是个姓滕的水手滕老九双拳打出来的。我们若有兴趣特意到那条街上走走，可知道开小铺子的，做理发店生意的，卖船上家伙的，经营不用本钱最古职业的，全是麻阳乡亲，我们就会明白，原来参加这种争斗，每人都有一份。麻阳人的精力绝伦处，或者与地方出产有点关系，麻阳出各种橘子，糯米也极好，做甜酒特别相宜。人口加多，船只也越来越多，因此沅水水面的世界，一大半是麻阳人占有的。大凡船只停靠处，都有叫乡亲的麻阳人，乡亲所得的便利极多，平常外乡人，坐船时于是都叫麻阳人作“乡亲”。乡亲的特别是面目精悍而性情快乐，作水手的都能吃，能做，能喝，能打架。船主上岸时必装扮成为一个小乡绅，如驾洪江油船的大老板一样穿袍穿褂，着生牛皮盘云长统钉靴，戴有皮封耳的毡帽或博士帽，手指套上分量沉重金戒指，皮抱肚里装上许多大洋钱，短烟管上悬个老虎爪子，一端还镶包一片镂花银皮。见人就请教仙乡何处，贵府贵姓。本人大多数姓滕，名字“代富”“宜贵”。对三十年来的本省政治，比起任何地方船主都熟习，都关心。欢喜讲礼教，臧否人物，且善于称引经典格言和当地俗谚，作为谈天时章本。恭维客人时必从恭维上增多一点收入，被客人恭维时便称客人为“知己”，笑嘻嘻地请客人喝包谷子酒。妇女在船上不特对于行船毫无妨碍，且常常是一个好帮手。妇女多壮实能干，大脚大手，善于生男育女。

麻阳人中另外还有一双值得称赞的手，在湘西近百年实无匹敌。在国内也是一个少见的艺术家，是塑像师张秋潭那双手，小件艺术品多在烟盘边靠灯时用烟签完成的，无一不做得栩栩如生，至今还留下些在湘西私人手中。大件是各县庙宇天王观音等神像，辛亥以后破除迷信，毁去极多。

在常德水码头船只极小，飘浮水面如一片叶子，数量之多如淡干鱼，是专载客人用的“桃源划子”。木商与烟贩，上下办货的庄客，过路的公务员，放假的男女学生，同是这种小船的主顾。船身既轻小，上下行的速度较之其他船只快过一倍，下滩时可从边上小急流走，决不会出事。在平潭中且可日夜赶程，不会受关卡留难。因此在有公路以前，这种小小船只实为沅水流域交通利器。弄船人工作不需如何紧张，开销又少，收入却较多。装载客人且多阔老，同时桃源县人的性格又特别随和（沅水一到桃源后就变成一片平潭，再无恶滩急流，自然影响到水上人性情很大），所以弄船人脾气就马虎得多，很多是瘾君子，白天弄船，晚上便靠灯。有些家中人说不定还留在县里，经营一种不必要本钱的职业，分工合作，都不闲散。且能作客人向导，带访桃源洞的客人到所要到的新奇地方去。

在沅水流域上下行驶，停泊到常德码头应当称为“客人”的船只，共有好几种，有从芷江上游黔东玉屏来的，有从麻阳河上游黔东铜仁来的，有从白河上游川东龙潭来的。玉屏船多就洪江转口，下行不多。龙潭船多从沅陵换货，下行不多。铜仁船装油硷下行的，有些庄号在常德，所以常直放常德。船只最引人注意处是颜色黄明照眼，式样轻巧，如竞赛用船。船头船尾细狭而向上翘举，舱底平浅，材料脆薄，给人视觉上感到灵便与愉快，在形式上可谓秀雅绝伦。弄船人，语言清婉，装束素朴，有些水手还穿齐膝的长衣，裹白头巾，风度整洁和船身极相称。船小而载重，故下行时船舷必缚茅束挡水。这种船停泊河中，仿佛极其谦虚，一种作客应有的谦虚。然而比同样大小的船只都整齐，一种作客不能不注意的整齐。

此外常德河面还有一种船只，数量极多，有的时常移动，有的又长久停泊。这些船的形式一律是方头，方尾，无桅，无舵。用木板作舱壁，开小小窗子，木板作顶。有些当作船主的金屋，有些又作逋逃者的窟穴。船上有招纳水手客人的本地土娼，有卖烟和糖食、小吃、猪蹄子粉面的生意人。此外算命卖卜的，圆光关亡的，无不可以从这种船上发现。船家做寿成亲，也多就方便借这种水上公馆举行，因此一遇黄道吉日，总是些张灯结彩，响器声，弦索声，大小炮仗声，划拳歌呼声，点缀水面热闹。

常德乡城本身也就类乎一只旱船，女作家丁玲，法律家戴修瓒，国学家余嘉锡，是这只旱船上长大的。较上游的河堤比城中高得多，涨水时水就到了城边，决堤时城四围便是水了。常德沿河的长街，街市上大小各种商铺不下数千家，都与水手有直接关系。杂货店铺专卖船上用件及零用物，可说是它们全为水手而预备的。至如油盐、花纱、牛皮、烟草等等庄号，也可说水手是为它们而有的。此外如茶馆、酒馆和那经营最素朴职业的户口，水手没有它不成，它没水手更不成。

常德城内一条长街，铺子门面都很高大（与长沙铺子大同小异，近于夸张），木料不值钱，与当地建筑大有关系。地方滨湖，河堤另一面多平田泽地，产鱼虾、莲藕，因此鱼栈莲子栈延长了长街数里。多清真教门，因此牛肉特别肥鲜。

常德沿沅水上行九十里，才到桃源县，再上行二十五里，方到桃源洞。千年前武陵渔人如何沿溪走到桃花源，这路线尚无好事的考古家说起。现在想到桃源访古的“风雅人”，大多数只好坐公共汽车去。在桃源县想看到老幼黄发垂髫，怡然自乐的光景，并不容易。不过或者因为历史的传统，地方人倒很和气，保存一点古风。也知道欢迎客人，杀鸡作黍，留客住宿。虽然多少得花点钱，数目并不多。可是一个旅行者应当知道，这些人赠送游客的礼物，有时不知不觉太重了点，最好倒是别大意，莫好奇，更不要因为记起宋玉所赋的高唐神女，刘晨阮肇天台所遇的仙女，想从经验中去证实故事。不妨学个老江湖，少生事！当地纵多神女仙女，可并不是为外来读书人游客预备的，沅水流域的木竹商人是唯一受欢迎者。好些极大的木竹，到桃源后不久就无影无踪不见了的。

政治家宋教仁，老革命党覃振，同是桃源县人。桃源县有个省立第二女子师范学校，五四运动谈男女解放平等，最先要求男女同校，且实现它，就是这个学校的女学生。

桥头撑伞人

溪边浣衣女

沅陵的人

由常德到沅陵，一个旅行者在车上的感触，可以想象得到，第一是公路上并无苗人，第二是公路上很少听说发现土匪。

公路在山上与山谷中盘旋转折虽多，路面却修理得异常良好，不问晴雨都无妨车行。公路上的行车安全的设计，可看出负责者的最大努力。旅行的很容易忘了车行的危险，乐于赞叹自然风物的美秀。在自然景致中见出宋院画的神采奕奕处，是太平铺过河时入目的光景。溪流萦回，水清而浅，在大石细沙间漱流。群峰竞秀，积翠凝蓝，在细雨中或阳光下看来，颜色真无可形容。山脚下一带树林，一些俨如有意为之布局恰到好处的小小房子，绕河洲树林边一湾溪水，一道长桥，一片烟。香草山花，随手可以掇拾。《楚辞》中的山鬼，云中君，仿佛如在眼前。上官庄的长山头时，一个山接一个山，转折频繁处，神经质的妇女与懦弱无能的男子，会不免觉得头目晕眩。一个常态的男子，便必然对于自然的雄伟表示赞叹，对于数年前裹粮负水来在这高山峻岭修路的壮丁表示敬仰和感谢。这是一群没没无闻沉默不语真正的战士！每一寸路都是他们流汗筑成的。他们有的从百里以外小乡村赶来，沉沉默默地在派定地方担土，打石头，三五十人躬着腰肩共同拉着个大石滚子碾压路面，淋雨，挨饿，忍受各式各样虐待，完成了分派到头上的工作。把路修好了，眼看许多的各色各样希奇古怪的物件吼着叫着走过了，这些可爱的乡下人，知道事情业已办完，笑笑的，各自又回转到那个想象不到的小乡村里过日子去了。中国几年来一点点建设基础，就是这种无名英雄做成的。他们什么都不知道，可是所完成的工作却十分伟大。

单从这条公路的坚实和危险工程看来，就可知道湘西的民众，是可以为国家完成任何伟大理想的。只要领导有人，交付他们更困难的工做，也可望办得很好。

看看沿路山坡桐茶树木那么多，桐茶山整理得那么完美，我们且会明白这个地方的人民，即或无人领导，关于求生技术，各凭经验在不断努力中，也可望把地面征服，使生产增加。

只要在上的不过分苛索他们，鱼肉他们，这种勤俭耐劳的人民，就不至于铤而走险发生问题。可是若到任何一个停车处，试同附近乡民谈谈，我们就知道那个“过去”是种什么情形了。任何捐税，乡下人都有一份，保甲在糟塌乡下人这方面的努力，“成绩”真极可观！然而促成他们努力的动机，却是照习惯把所得缴一半，留一半。然而负责的注意到这个问题时，就说“这是保甲的罪过”，从不认为是“当政的耻辱”。负责者既不知如何负责，因此使地方进步永远成为一种空洞的理想。

然而这一切都不妨说已经成为过去了。

车到了官庄交车处，一列等候过山的车辆，静静地停在那路旁空阔处，说明这公路行车秩序上的不苟。虽在军事状态中，军用车依然受公路规程辖制，不能占先通过，此来彼往，秩序井然，这条公路的修造与管理统由一个姓周的工程师负责。

车到了沅陵，引起我们注意处，是车站边挑的，抬的，负荷的，推挽的，全是女子。凡其他地方男子所能做的劳役，在这地方统由女子来做。公民劳动服务也还是这种女人。公路车站的修成，就有不少女子参加。工作既敏捷，又能干。女权运动者在中国二十年来的运动，到如今在社会上露面时，还是得用“夫人”名义来号召，并不以为可羞。而且大家都集中在大都市，过着一种腐败生活。比较起这种女劳动者把流汗和吃饭打成一片的情形，不由得我们不对这种人充满尊敬与同情。

这种人并不因为终日劳作就忘记自己是个妇女，女子爱美的天性依然还好好保存。胸口前的扣花装饰，裤脚边的扣花装饰，是劳动得闲在茶油灯光下做成的。（围裙扣花工作之精和设计之巧，外路人一见无有不交口称赞。）这种妇女日常工作虽不轻松，衣衫却整齐清洁。有的年纪已过了四十岁，还与同伴竞争兜揽生意。两角钱就为客人把行李背到河边渡船上，跟随过渡，到达彼岸，再为背到落脚处。外来人到河码头渡船边时，不免十分惊讶，好一片水！好一座小小山城！尤其是那一排渡船，船上的水手，一眼看去，几乎又全是女子，过了河，进得城门，向长街走走，就可见到卖菜的，卖米的，开铺子的，做银匠的，无一不是女子。再没有另一个地方女子对于参加各种事业各种生活，做得那么普通那么自然了。看到这种情形时，真不免令人发生疑问：一切事儿几乎都由女子来办，如《镜花缘》一书上的女儿国现象了。本地的男子，是出去打仗，还是在家纳福看孩子？

不过一个旅行者自觉已经来到辰州时，兴味或不在这些平常问题上。辰州地方是以辰州符闻名的，辰州符的传说奇迹中又以赶尸著闻。公路在沅水南岸，过北岸城里去，自然盼望有机会弄明白一下这种老玩意儿。

可是旅行者这点好奇心会受打击。多数当地人对于辰州符都莫名其妙，且毫无兴趣，也不怎么相信。或许无意中会碰着一个“大”人物，体魄大，声音大，气派也好像很大。

他不是姓张，就是姓李（他应当姓李！一个典型市侩，在商会任职，以善于吹拍混入行署任名誉参议），会告你，辰州符的灵迹，就是用刀把一只鸡颈脖割断，把它重新接上，噀一口符水，向地下抛去，这只鸡即刻就会跑去，撒一把米到地上，这只鸡还居然赶回来吃米！你问他："这事曾亲眼见过吗？"他一定说："当真是眼见的事。"或许慢慢地想一想，你便也会觉得同样是在什么地方亲眼见过这件事了。原来五十年前的什么书上，就这么说过的。这个大人物是当地著名会说大话的。世界上事什么都好像知道得清清楚楚，只不大知道自己说话是假的还是真的，是书上有的还是自己造作的。多数本地人对于"辰州符"是个什么东西，照例都不大明白的。

对于赶尸传说呢，说来实在动人。凡受了点新教育，血里骨里还浸透原人迷信的外来新绅士，想满足自己的荒唐幻想，到这个地方来时，总有机会温习一下这种传说。绅士、学生、旅馆中人，俨然因为生在当地，便负了一种不可避免的义务，又如为一种天赋的幽默同情心所激发，总要把它的神奇处重述一番。或说朋友亲戚曾亲眼见过这种事情，或说曾有谁被赶回来。其实他依然和客人一样，并不明白，也不相信，客人不提起，他是从不注意这个问题的。客人想"研究"它（我们想象得出，有许多人最乐于研究它的），最好还是看《奇门遁甲》，这部书或者对他有一点帮助，本地人可不会给他多少帮助。本地人虽乐于答复这一类傻不可言的问题，却不能说明这事情的真实性。就中有个“有道之士”，姓阙，当地人统称之为阙五老，年纪将近六十岁，谈天时精神犹如一个小孩子。据说十五岁时就远走云贵，跟名师学习过这门法术。作法时口诀并不希奇，不过是念文天祥的《正气歌》罢了。死人能走动便受这种歌词的影响。辰州符主要的工具是一碗水；这个有道之士家中神主前便陈列了那么一碗水，据说已经有了三十五年，碗里水减少时就加添一点。一切病痛统由这一碗水解决。一个死尸的行动，也得用水迎面地一噀。这水且能由昏浊与沸腾表示预兆，有人需要帮忙或卜家事吉凶的预兆，登门造访者若是一个读书人，一个假洋人教授，他把这一碗水的妙用形容得将更惊心动魄。使他舌底翻莲的原因，或者是他自己十分寂寞，或者是对于客人具有天赋同情，所以常常把书上没有的也说到了。客人要老老实实发问：“五老，那你看过这种事了？”他必装作很认真神气说：“当然的。我还亲自赶过！那是我一个亲戚，在云南做官，死在任上，赶回湖南，每天为死者换新草鞋一双，到得湖南时，死人脚趾头全走脱了。只是功夫不练就不灵，早丢下了。”至于为什么把它丢下，可不说明。客人目的在“表演”，主人用意在“故神其说”，末后自然不免使客人失望。不过知道了这玩意儿是读《正气歌》作口诀，同儒家居然大有关系时，也不无所得。关于赶尸的传说，这位有道之士可谓集其大成，所以值得找方便去拜访一次。他的住处在上西关，一问即可知道。可是一个读书人也许从那有道之士服尔泰[1]风格的微笑，服尔泰风格的言谈，会看出另外一种无声音的调笑，“你外来的书呆子，世界上事你知道许多，可是书本不说，另外还有许多就不知道了。用《正气歌》赶走了死尸，你充满好奇的关心，你这个活人，是被什么邪气歌赶到我这里来？”那时他也许正坐在他的杂货铺里面（他是隐于医与商的），忽然用手指着街上一个长头发的男子说：“看，疯子！”那真是个疯子，沅陵地方唯一的疯子，可是他的语气也许指得是你拜访者。你自己试想想看，为了一种流行多年的荒唐传说，充满了好奇心来拜访一个透熟人生的人，问他死了的人用什么方法赶上路，你用意说不定还想拜老师，学来好去外国赚钱出名，至少也弄得个哲学博士回国，再来用它骗中国学生，在他饱经世故的眼中，你和疯子的行径有多少不同！

这个人的言谈，倒真是一种杰作，三十年来当地的历史，在他记忆中保存得完完全全，说来时庄谐杂陈，实在值得一听。尤其是对于当地人事所下批评，尖锐透入，令人不由得不想起法国那个服尔泰。

1　即法国大文豪伏尔泰。——编者注

至于辰砂的出处，出产于离辰州地还远得很，远在三百里外凤凰县的苗乡猴子坪。

凡到过沅陵的人，在好奇心失望后，依然可从自然风物的秀美上得到补偿。由沅陵南岸看北岸山城，房屋接瓦连椽，较高处露出雉堞，沿山围绕，丛树点缀其间，风光入眼，实在俗气。由北岸向南望，则河边小山间，竹园、树人、庙宇、高塔、民居，仿佛各个都位置在最适当处。山后较远处群峰罗列，如屏如障，烟云变幻，颜色积翠堆蓝。早晚相对，令人想象其中必有帝子天神，驾螭乘蜺，驰骤其间。绕城长河，每年三四月春水发后，洪江油船颜色鲜明，在摇橹歌呼中连翩下驶。长方形大木筏，数十精壮汉子，各据筏上一角，举桡激水，乘流而下。就中最令人感动处，是小船半渡，游目四瞩，俨然四围是山，山外重山，一切如画。水深流速，弄船女子，腰腿劲健，胆大心平，危立船头，视若无事。同一渡船，大多数都是妇人，划船的是妇女，过渡的也是妇女较多。有些卖柴卖炭的，来回跑五六十里路，上城卖一担柴，换两斤盐，或带回一点红绿纸张同竹篾作成的简陋船只，小小香烛，问她时，就会笑笑地回答："拿回家去做土地会。"你或许不明白土地会的意义，事实上就是酬谢《楚辞》中提到的那种云中君——山鬼。这些女子一看都那么和善，那么朴素，年纪四十以下的，无一不在胸前土蓝布或葱绿布围裙上绣上一片花，且差不多每个人都是别出心裁，把它处置得十分美观，不拘写实或抽象的花朵，总那么妥贴而雅相。在轻烟细雨里，一个外来人眼见到这种情形，必不免在赞美中轻轻叹息。天时常常是那么把山和水和人都笼罩在一种似雨似雾使人微感凄凉的情调里，然而却无处不可以见出“生命”在这个地方有光辉的那一面。

外来客自然会有个疑问发生：这地方一切事业女人都有份，而且像只有“两截穿衣”的女子有份，男子到哪里去了呢?

在长街上，我们固然时常可以见到一对少年夫妻，女的眉毛俊秀，鼻准完美，穿浅蓝布衣，用手指粗银链系扣花围裙，背小竹笼。男的身长而瘦，英武爽朗，肩上扛了各种野兽皮向商人兜卖，令人一见十分惊诧。可是这种男子是特殊的。是出了钱，得到免役的瑶族。

男子大部分都当兵去了。因兵役法的缺陷，和执行兵役法的中间层保甲制度人选不完善，逃避兵役的也多，这些壮丁抛下他的耕牛，向山中走，就去当匪，匪多的原因，外来官吏苛索实为主因。乡下人照例都愿意好好活下去，官吏的老式方法居多是不让他们那么好好活下去。乡下人照例一入兵营就成为一个好战士，可是办兵役的，却觉得如果人人都乐于应兵役，就毫无利益可图。土匪多时，当局另外派大部队伍来“维持治安”，守在几个城区，别的不再过问。分布乡下土匪得了相当武器后，在报复情绪下就是对公务员特别不客气，凡搜刮过多的外来人，一落到他们手里时，必然是先将所有的得到，再来取那个“命”。许多人对于湘西民或匪都留下一个特别蛮悍嗜杀的印象，就由这种教训而来。许多人说湘西有匪，许多人在湘西虽遇匪，却从不曾遭遇过一次抢劫，就是这个原因。

一个旅行者若想起公路就是这种蛮悍不驯的山民或土匪，在烈日和风雪中努力做成的，乘了新式公共汽车由这条公路经过，既感觉公路工程的伟大结实，到得沅陵时，更随处可见妇人如何认真称职，用劳力讨生活，而对于自然所给的印象，又如此秀美，不免感慨系之。这地方神秘处原来在此而不在彼。人民如此可用，景物如此美好，三十年来牧民者来来去去，新陈代谢，不知多少，除认为“蛮悍”外，竟别无发现。外来为官作宦的，回籍时至多也只有把当地久已消灭无余的各种画符捉鬼荒唐不经的传说，在茶余酒后向陌生者一谈。地方真正好处不会欣赏，坏处不能明白，这岂不是湘西的另一种神秘？

沅陵算是个湘西受外来影响较久较大的地方，城区教会的势力，造成一批吃教饭的人物，蛮悍性情因之消失无余，代替而来的或许是一点青年会办事人的习气。沅陵又是沅水几个支流货物转口处，商人势力较大，以利为归的习惯，也自然很影响到一些人的打算行为。沅陵位置在沅水流域中部，就地形言，自为内战时代必争之地。因此麻阳县的水手，一部分登陆以后，便成为当地有势力的小贩。凤凰县屯垦子弟兵官佐，留下住家的，便成为当地有产业的客居者。慷慨好义，负气任侠，楚人中这类古典的热诚，若从当地人寻觅无着时，还可从这两个地方的男子中发现。一个外来人，在那山城中石板作成的一道长街上，会为一个矮小、瘦弱，眼睛又不明，听觉又不聪，走路时匆匆忙忙，说话时结结巴巴，那么一个平常人引起好奇心。说不定他那时正在大街头为人排难解纷！说不定他的行为正需要旁人排难解纷！他那样子就古怪，神气也古怪。一切像个乡下人，像个官能为嗜好与毒物所毁坏，心灵又十分平凡的人。可是应当找机会去同他熟一点，谈谈天。应当想办法更熟一点，跟他向家里走（他的家在一个山上。那房子是沅陵住户地位最好，花木最多的）。如此一来，结果你会接触一点很新奇的东西，一种混合古典热诚与近代理性在一个特殊环境特殊生活里培养成的心灵。你自然会“同情”他，可是最好倒是“信托”他。他需要的不是同情，因为他成天在同情他人，为他人设想帮忙尽义务，来不及接受他人的同情。他需要人信托，因为他那种古典的作人的态度，值得信托。同时他的性情充满了一种天真的爱好，他需要信托，为的是他值得信托。他的视觉同听觉都毁坏了，心和脑可极健全。凤凰屯垦兵子弟中出壮士，体力胆气两方面都不弱于人。这个矮小瘦弱的人物，虽出身世代武人的家庭中，因无力量征服他人，失去了作军人的资格。可是那点有遗传性的军人气概，却征服了他自己，统制自己，改造自己，成为沅陵县一个顶可爱的人。他的名字叫作“大先生”，或“大大”，一个古怪到家的称呼。商人、妓女、屠户、教会中的牧师和医生，都这样称呼他。到沅陵去的人，应当认识认识这位大先生。

沅陵县沿河下游四里路远近，河中心有个洲岛，周围高山四合，名“合掌洲”，名目与情景相称。洲上有座庙宇，名“和尚洲”，也还说得去。但本地的传说却以为是“和涨洲”，因为水涨河面宽，淹不着，为的是洲随河水起落！合掌洲有个白塔，由顶到根雷劈了一小片，本地人以为奇，并不足奇。河南岸村名黄草尾，人家多在橘柚林里，橘子树白华朱实，宜有小腰白齿于其间。一个种菜园的周家，生了四个女儿，最小的一个四妹，人都呼为夭妹，年纪十七岁，许了个成衣店学徒，尚未圆亲。成衣店学徒积蓄了整年工钱，打了一副金耳环给夭妹，女孩子就戴了这副金耳环，每天挑菜进东门城卖菜。因为性格好繁华，人长得风流俊俏，一个东门大街的人都知道卖菜的周家夭妹。

因此县里的机关中办事员，保安司令部的小军佐，和商店中小开，下黄草尾玩耍的就多起来了。但不成，肥水不落外人田，有了主子。可是“人怕出名猪怕壮”，夭夭的名声传出去了，水上划船人全都知道周家夭夭。去年（一九三七年）冬天一个夜里，忽然来了四百武装喽啰攻打沅陵县城，在城边响了一夜枪，到天明以前，无从进城，这一伙人依然退走了。这些人本来目的也许就只是在城外打一夜枪。其中一个带队的称团长，却带了兄弟伙到夭妹家里去拍门。进屋后别的不要，只把这女孩子带走。

女孩子虽又惊又怕，还是从容地说，“你抢我，把我箱子也抢去，我才有衣服换！”

带到山里去时那团长问，“夭夭，你要死，要活？”

女孩子想了想，轻声地说，“要死。你不会让我死。”

团长笑了，“那你意思是要活了！要活就嫁我，跟我走。我把你当官太太，为你杀猪杀羊请客，我不负你。”

女孩子看看团长，人物实在英俊标致，比成衣店学徒强多了，就说：“人到什么地方都是吃饭，我跟你走。”

于是当天就杀了两个猪，十二只羊，一百对鸡鸭，大吃大喝大热闹，团长和夭妹结婚。女孩子问她的衣箱在什么地方，待把衣箱取来打开一看，原来全是预备陪嫁的！英雄美人，可谓美满姻缘。过三天后，那团长就派人送信给黄草尾种菜的周老夫妇，称岳父岳母，报告夭妹安好，不用挂念。信还是用红帖子写的，词句华而典，师爷的手笔。还同时送来一批礼物！老夫妇无话可说，只苦了成衣店那个学徒，坐在东门大街一家铺子里，一面裁布条子做纽绊，一面垂泪。

这也可说是沅陵县人物之一型。

至于住城中的几个年高有德的老绅士，那倒正像湘西许多县城里的正经绅士一样，在当地是很闻名的，庙宇里照例有这种名人写的屏条，名胜地方照例有他们题的诗词。儿女多受过良好教育，在外做事。家中种植花木，蓄养金鱼和雀鸟，门庭规矩也很好。与地方关系，却多如显克微支在他《炭画》那本书里所说的贵族，凡事取“不干涉主义”。因为名气大，许多不相干的捐款，不相干的公事，不相干的麻烦不会上门，乐得在家纳福，不求闻达，所以也不用有什么表现。对于生活劳苦认真，既不如车站边负重妇女生命活跃，也不如卖菜的周家夭妹，然而日子还是过得很好，这就够了。

由沅水下行百十里到沅陵属边境地名柳林岔——就是湘西出产金子，风景又极美丽的柳林岔。那地方过去一时也有个人，很有意思。这个人据说母亲貌美而守寡，住在柳林岔镇上，对河高山上有个庙，庙中住下一个青年和尚，诚心苦修。寡妇因爱慕和尚，每天必借烧香为名去看看和尚，二十年如一日。和尚诚心修苦，不作理会，也同样二十年如一日。儿子长大后，慢慢地知道了这件事。儿子知道后，不敢规劝母亲，也不能责怪和尚，唯恐母亲年老眼花，一不小心，就会坠入深水中淹死。又见庙宇在一个圆形峰顶，攀援实在不容易。因此特意雇定一百石工，在临河悬岩上开辟一条小路，仅可容足，更找一百铁工，制就一条粗而长的铁链索，固定在上面，作为援手工具。又在两山间造一拱石头桥，上山顶庙里时就可省一大半路。这些工作进行时自己还参加，直到完成。各事完成以后，这男子就出远门走了，一去再也不回来了。

这座庙，这个桥，濒河的黛色悬崖上这条人工凿就的古怪道路，路旁的粗大铁链，都好好地保存在那里，可以为过路人见到。凡上行船的纤手，还必须从这条路把船拉上滩。船上人都知道这个故事。故事虽还有另一种说法，以为一切是寡妇所修的，为的是这寡妇……总之，这是一个平常人为满足他的某种愿心而完成的伟大工程。这个人早已死了，却活在所有水上人的记忆里。传说和当地景色极和谐，美丽而微带忧郁。

沅水由沅陵下行三十里后即滩水连接，白溶、九溪、横石、青浪……就中以青浪滩最长，石头最多，水流最猛。顺流而下时，四十里水路不过二十分钟可完事，上行船有时得一整天。

青浪滩滩脚有个大庙，名伏波宫，敬奉的是汉老将马援。行船人到此必在庙里烧纸献牲。庙宇无特点，不出奇。庙中屋角树梢栖息的红嘴红脚小小乌鸦，成千累万，遇下行船必飞往接船送船，船上人把饭食糕饼向空中抛去，这些小黑鸟就在空中接着，把它吃了。上行船可照例不光顾。虽上下船只极多，这小东西知道向什么船可发利市，什么船不打抽丰[1]。船夫说这是马援的神兵，为迎接船只的神兵，照老规矩，凡伤害的必赔一大小相等银乌鸦，因此从不会有人敢伤害它。

几件事都是人的事情。与人生活不可分，却又杂糅神性和魔性。湘西的传说与神话，无不古艳动人。同这样差不多的还很多。湘西的神秘，和民族性的特殊大有关系。历史上“楚”人的幻想情绪，必然孕育在这种环境中，方能滋长成为动人的诗歌。想保存它，同样需要这种环境。

1　亦作“秋风”，有提成的意思，利用关系向人索取财物。——编者注

日出照孤客

桥上走众生

白河流域几个码头

白河便是历史上知名的酉水。白河到沅陵与沅水汇流后，便略显浑浊，有出山泉水的意思。若溯流而上，则三丈五丈的深潭清澈见底。深潭中为白日所映照，河底小小白石子，有花纹的玛瑙石子，全看得明明白白。水中游鱼来去，皆如浮在空气里。两岸多高山，山中多可以造纸的细竹，长年作深翠颜色，逼人眼目。近水人家多在桃杏花里，春天时只需注意，凡有桃花处必可沽酒。夏天则晒晾在日光下耀目的紫花布衣裤，可以作为人家所在的旗帜。秋冬来时，房屋在悬崖上的，滨水的，无不朗然入目，黄泥的墙，乌黑的瓦，位置却永远那么妥贴！且与四周环境极其调和，使人得到的印象非常愉快。（引自《边城》）

由沅陵沿白河上行三十里名“乌宿”，地方风景清奇秀美，古木丛竹，滨水极多。传说中的大酉洞即在附近。洞中高大宏敞，气象万千。但比起凤凰苗乡中的齐梁洞，内中平坦能容避难的人一万以上，就可知道大酉洞其所以著名，或系邻近开化较早的沅陵所致。白河中山水木石最美丽清奇的码头，应数王村，属永顺县管辖，且为永顺县货物出口地方。夹河高山，壁立拔峰，竹木青翠，岩石黛黑，水深而清，鱼大如人。河岸两旁黛色庞大石头上，在晴朗冬天里，尚有野莺画眉鸟，从山谷中竹篁里飞出来，休息在石头上晒太阳，悠然自得啭唱悦耳的曲子，直到有船近身时，方从从容容一齐向林中飞去。水边还有许多不知名水鸟，身小轻捷，活泼快乐，或颈膊极红，如缚上一条彩色带子，或尾如扇子，花纹奇丽，鸣声都异常清脆。白日无事，平潭静寂，但见小渔船船舷船顶站满了沉默黑色鱼鹰，缓缓向上游划去。傍山作屋，重重叠叠，如堆蒸糕，入目景象清而壮。一派清芬的影响，本县老诗人向伯翔的诗，因之也见得异常清壮。

白河多滩，凤滩、茨滩、绕鸡笼、三门、驼碑五个滩最著名。弄船人有两个口号："凤滩茨滩不为凶，上面还有绕鸡笼。"上行船到两大滩时，有时得用两条竹纤在两岸拉挽，船在河中小小容口破浪逆流上行。绕鸡笼因多曲折石坎，下行船较麻烦，一不小心撞触河床中的大石，即成碎片，船上人必借船板浮沉到下游三五里方能得救。三门附近山道名白鸡关，石壁插云，树身大如桌面，芭草高至二丈五尺以上。山中出虎豹，大白天可听到虎吼。

由三门水行七十里，到保靖县。（过白鸡关陆行只有四十余里。）保靖是酉水流域过去土司之一所在地。酉水流域多洞穴，保靖濒河两个洞为最美丽知名。一在河南，离县城三里左右，名石楼洞，临长河，据悬崖。对河一山，山上老松数列，错落布置，十分自然。景物清疏，有浙江和尚画意。但洞穴内多人工铺排，并无可观。一在河北大山下面，和县城相对，名狮子洞，洞被庙宇掩着，庙宇又被老树大竹古藤掩着。洞口并不十分高大，进到里面去后，用火燎高照，既不见边，也不见顶，才看出这洞穴何等宏敞阔大，令人吃惊。四面石壁白润如玉，地下铺满白色细砂。洞中还另有一小小天然道路，可上升到一个石屋里去。道路踏脚处带朱砂红斑，颜色极鲜艳。石屋中有石床石桌，似为昔日方士修炼住处。蝙蝠展翅约一尺长大，不知从何处求食。洞中既宽阔，又黑暗，必用三五个火燎烛照，由庙中人引导，视火燎燃到三分之二后，即寻外出，不然恐迷路不易走出。火燎用枯竹枝作成，由守庙道士出卖给游洞者，点燃时枯竹枝在洞中爆炸，声音如枪响，如大雷公边炮响。洞中夏天有一小小泉水，水味甘美。水中还有小小鱼虾，到冬天时仅一空穴，鱼虾亦不知去处。

近城大山名杀鸡坡，一眼看去，山并不如何高大，但山下人有人上山时杀一鸡，等待人到山顶，山下人的鸡在锅中已熟了。因此名叫杀鸡坡。对河亦有一大山，名野猪坡，出野猪。坡上土地丛林和洞穴，为烧山种田人同野兽大蛇所割据，一到晚上，虎豹就傍近种田开山人家来吃小猪，从被咬去的小猪锐声叫喊里，可以知道虎豹走去的方向。这大虫有时在大白天也昂头一吼，山谷响应许久。

种田人因此常常拿了刀矛火器种种家伙，往树林山洞中去寻觅，用绳网捕捉大蛇，用毒烟设陷阱猎捕野兽。岭上最多的还是集群结伙蹂躏农产物成癖的野猪，喜欢偷吃山田中包谷白薯，为山民真正仇敌。正因为这种损害庄稼的仇敌太多，岭上人打锣击鼓猎野猪的事，也就成为一种常有的仪式，常有的娱乐了。

本地出好梨，皮色淡赭，味道香而甜，名“洋冬梨”，皮较厚韧，因此极易保藏。产材质坚密的黄杨木，乡下人常常用绳索系身，悬空下垂到溪谷绝壁间，把黄杨木从高崖上砍下，每段锯成两尺长短，背负入城找求售主，同卖柴一样。碗口大的木料。在本地人眼中看来，十分平常。这种良好木材，照当地人习惯，多用来做筷子和天九牌。需要多，供给少，所以一部分就用柚子木充数。出大头菜，比龙山的略差。湘西大头菜应当数接近鄂西的边县龙山最好，颜色金黄，味道甜而香。出好茶叶，和邻近山城那个古丈县的茶叶比较，味道略淡。然而清醇之中，别有一种芬馥之气。陈家茶园在湘西实得风气之先，出品佳美，可惜数量不多，无从外运。

永绥县离保靖四十五里。保靖县苗人居住较少。永绥县却大部分是苗人。逢场时交易十分热闹，猪、牛、羊、油、盐、铁器和农具，以至于一段木头，一根竹子，一个石臼，一撮火绒，无不可买卖。大场坪中百物杂陈，五色缤纷，可谓奇观。石宏规是本县苗民中优秀分子之一，对苗民教育极热心，对苗民问题极熟习。一个大学毕业生，做了几次县长。

三个县份清中叶还由土司统治，土司既由世袭，永顺的姓向，保靖的姓彭，永绥的姓宋，到如今这三姓还为当地巨族。土司的统治已成过去，统治方法也不可考究了，除了许多大土堆通称土司坟，但留下一个传说尚能刺激人心。就是作土司的，除同宗外，对于此外任何人新婚都保有“初夜权”。新妇应当送到土司府留下三天，代为除邪气，方能发还。也许就是这种原因，三姓方成为本地巨族。土司坟多，与《三国演义》曹操七十二个疑冢不无关系，与初夜权执行也有关系。

白河上游商业较大的水码头名“里耶”。川盐入湘，在这个地方上税。边地若干处桐油，都在这个码头集中。

站在里耶河边高处，可望川湘鄂三省接壤的八面山。山如一个桶形，周围数百里，四面陡削悬绝，只一条小路可以上下。上面一坦平阳，且有很好泉水，出产好米和杂粮，住了约一百户人家。若将那条山路塞断，即与一切隔绝，俨然别有天地。过去二十年常为落草大王盘据，不易攻打。惟上面无盐，所以不易久守。

白河上游分支数处，其一到龙山。龙山出好大头菜。山水清寒，鱼味甘美，六月不腐，水源出鄂西。其一河源在川东，湖南境到茶峒为止。因为这是湖南境最后一个水码头，小虽小，还有意思。这地方事实上虽与人十分陌生，可是说起来又好像十分熟习。下面是从我一个小说上摘引下来的，白河流域像这样的地方，似乎不止一处。

> 凭水倚山筑城，近山的一面，城墙如一条长蛇，缘山爬去。临水一面则在城外河边留出余地设码头，湾泊小小篷船。船下行时运桐油，青盐，染色用的五棓子。上行则运棉花、棉纱，以及布匹杂货同海味。贯串各个码头有一条河街，人家房子多一半着陆，一半在水，因为余地有限，那些房子莫不设吊脚楼。河中涨了春水，到水进街后，河街上人家，便各用长长的梯子，一端搭在屋檐口，一端搭在城墙上，人人皆骂着嚷着，带了包袱、铺盖、米缸，从梯子上爬进城里去，水退时

方又从城门口出城。水若特别猛一些，沿河吊脚楼，必有一处两处为水冲去，大家只在城头上呆望，受损失的也同样呆望，对于所受损失仿佛无话可说，与在自然安排下眼见其他无可挽救的不幸来临时相似。涨水时在城上还可望着骤然展宽的河面，流水浩浩荡荡，随同山水从上流浮沉而来的有房子、牛、羊、大树。于是在水势较缓处税关趸船前面，便常常有人驾了小舢板，一见河心浮沉而来的是一匹牲畜，一段小木，或一只空船，船上有一个妇人或小孩哭喊的声音，便急急地把船桨去。在下游一些迎着那个目的物，把它用长绳系定，再向岸边桨去。这些勇敢的人，也爱利，也好义，同一般当地人相似。不拘救人救物，却同样在一种愉快冒险行为做得十分敏捷勇敢。

城外河街也有商人落脚的客店，坐镇不动的理发馆。此外饭店、杂货铺、油行、盐栈、花衣庄，莫不各有地位，装点了这条河街。还有卖船上檀木活车、竹缆与锅罐铺子，介绍水手职业吃码头饭的人家。小饭店门前，常有煎得焦黄的鲤鱼豆腐，身上装饰了红辣椒丝，卧在浅口钵头里，钵旁大竹筒中插着大把红筷子，不拘谁个愿意花点钱，这人就可以傍了门前长案坐下来，抽出一双筷子到手上，那边一个眉毛扯得极细脸上擦了白粉的妇人，就走来问："要甜酒？要烧酒？"男子火焰高一点的，谐趣的，对内掌柜有点意思的，必装成生气似的说：“吃甜酒？又不是小孩，还问人吃甜酒！”那么，醇冽的烧酒，从大瓮里用木滤子舀出，倒进土碗里，即刻就来到身边案桌上了。

大都市随了商务发达而产生的某种寄食者，因为商人同水手的需要，这小小边城河街，也居然有那么一群人，聚集在一些有吊脚楼的人家。这种妇人穿了假洋绸的衣服，印花布的裤子，把眉毛扯成一条细线，大大的发髻上敷了香味极浓俗的油类，白日里无事，就坐在门口做鞋子，在鞋尖上用红绿丝线挑绣双凤，或靠在临河窗口看水手起货，听水手爬桅子唱歌。到了晚间，却轮流接待商人同水手，切切实实尽一个妓女应尽的义务。

由于边地的风俗淳朴，便是作妓女，也永远那么浑厚，遇不相熟的主顾，做生意时得先交钱，再关门撒野，人既相熟后，钱便在可有可无之间了。妓女多靠商人维持生活，但恩情所结，却多在水手方面。感情好的，互相咬着嘴唇咬着颈脖发了誓，约好了“分手后各人不许胡闹”。四十天或五十天，在船上浮着的那一个，同在岸上蹲着的这一个，便同样呆着打发这一堆日子，尽把自己的心紧紧地缚定远远的一个人。尤其是妇人，痴到无可形容，男子过了约定时间不回来，做梦时，就常常梦船拢了岸，那一个人摇摇荡荡地从船跳板到了岸上，直向身边跑来。或日中有了疑心，则梦里必见男子在桅上向另一方向唱歌，却不理会自己。性格弱一点儿的，接着就在梦里投河吞鸦片烟，强一点的便手执菜刀，直向那水手奔去。他们生活虽那么同一般社会疏远，但是眼泪与欢乐，在一种爱憎得失间揉进了这些人生活里时，也便同另外一片土地另外一些人相似，全个身心为那点爱憎所浸透，见寒作热，忘了一切。（引自《边城》）

湘西苗族的艺术

你歌没有我歌多，我歌共有三只牛毛多，唱了三年六个月，刚刚唱完一只牛耳朵。

这是我家乡看牛孩子唱歌比赛时一首山歌，健康、快乐，还有点谐趣，唱时听来真是彼此开心。原来作者是苗族还是汉人，可无从知道，因为同样的好山歌，流行在苗族自治州十县实在太多了。

凡是到过中南兄弟民族地区住过一阵的人，对于当地人民最容易保留到印象中的有两件事：爱美和热情。

爱美表现于妇女的装束方面特别显著。使用的材料，尽管不过是一般木机深色的土布，或格子花，或墨蓝浅绿，袖口裤脚多采用几道杂彩美丽的边缘，有的是别出心裁的刺绣，有的只是用普通印花布零料剪裁拼凑，加上个别的风格的绣花围裙，一条手织花腰带，穿上身就给人一种健康、朴素、异常动人的印象。再配上些飘乡银匠打造的首饰，在色彩配合上和整体效果上，真是和谐优美。并且还让人感觉到，它反映的不仅是个人爱美的情操，还是这个民族一种深厚悠久的文化。

这个区域居住的三十多万苗族，除部分已习用汉文，本族还无文字。热情多表现于歌声中。任何一个山中地区，凡是有村落或开垦过的田土地方，有人居住或生产劳作的处所，不论早晚都可听到各种美妙有情的歌声。当地按照季节敬祖祭神必唱各种神歌，婚丧大事必唱庆贺悼慰的歌，生产劳作更分门别类，随时随事唱着各种悦耳开心的歌曲。至于青年男女恋爱，更有唱不完听不尽的万万千千好听山歌，即或是行路人，彼此漠不相识，有的问路攀谈，也是用唱歌方式进行的。许多山村农民和陌生人说话时，或由于羞涩，或由于窘迫，口中常疙疙瘩瘩，辞难达意。如果换个方法，用歌词来叙述，即物起兴，出口成章，简直是个天生诗人。每个人似乎都有一种天赋，一开口就押韵合腔。刺绣挑花艺术限于女人，唱歌却不拘男女，本领都高明在行。

这种好歌手，通常必然还是个在本村本乡出力得用的好人，合作社优秀生产者，善于团结群众的乡干部。不论是推磨打豆腐，或是箍桶、做簟子的木匠篾匠，手艺也必然十分出色。他或她的天才，在当地所起的作用，是使得彼此情感流注，生命丰富润泽，更加鼓舞人热爱生活和工作。即或有些歌近于谐趣和讽刺，本质依然是十分健康的。这还只是指一般会唱歌的人和所唱的歌而言。

至于当地一村一乡特别著名的歌手，和多少年来被公众承认的“歌师傅”，那唱歌的本领，自然就更加出色惊人！

一九五六年冬天十二月里，我回家乡，在自治州首府吉首，就过了三个离奇而且值得永远记忆的晚上。那时恰巧中央民族音乐研究所有个专家工作组共四个人一同到了自治州，做苗歌录音记谱工作。自治州龙副州长，特别为邀了四位苗族唱歌高手到州上来。天寒地冻，各处都结了冰，院外空气也仿佛冻结了，我们却在自治州新办公大楼会议室，烧了两盆大火，围在火盆边，试唱各种各样的歌，一直唱到深夜还不休息。其中两位男的，一个是年过七十的老师傅，一脑子的好歌，真像是个宝库，数量还不止三只牛毛多，即唱三年六个月，也不过刚刚唱完一只牛耳朵。一个年过五十的小学校长，除唱歌外还懂得许多苗族动人传说故事。真是“洞河的水永远流不完，歌师傅的歌永远唱不完”。两个女的年纪都极轻：一个二十岁，又会唱歌又会打鼓，一个只十七岁，喉咙脆脆的，唱时还夹杂些童音。歌声中总永远夹着笑声，微笑时却如同在轻轻唱歌。

大家围坐在两个炭火熊熊的火盆边，把各种好听的歌轮流唱下去，一面解释一面唱。副州长是个年纪刚过三十的苗族知识分子，州政协秘书长，也是个苗族知识分子，都懂歌也会唱歌，陪我们坐在火盆旁边，一面为大家剥橘子，一面作翻译。解释到某一句时，照例必一面搔头一面笑着说："这怎么办！简直没有办法译，意思全是双关的，又巧又妙，本事再好也译不出！"小学校长试译了一下，也说："有些实在译不出。正如同小时候看到天上雨后出虹，多好看，可说不出！古时候考状元一定比这个还方便！"说得大家笑个不止。

虽然很多歌中的神韵味道都难译，我们从反复解释出的和那些又温柔、又激情、又愉快的歌声中，享受的已够多了。那个年纪已过七十的歌师傅，用一种低沉的，略带一点鼻音的腔调，充满了一种不可言说的深厚感情，唱着苗族举行刺牛典礼时迎神送神的歌词，随即由那个十七岁的女孩子接着用一种清朗朗的调子和歌时，真是一种稀有少见杰作。即或我们一句原词听不懂，又缺少机会眼见那个祭祀庄严热闹场面，彼此生命间却仿佛为一种共通的庄严中微带抑郁的情感流注浸润。让我想象到似乎就正是二千多年前伟大诗人屈原到湘西来听到的那些歌声。照历史记载，屈原著名的《九歌》，原本就是从那种古代酬神歌曲衍化出来的。本来的神曲，却依旧还保留在这地区老歌师和年青女歌手的口头传述中，各有千秋。

年纪较长的女歌手，打鼓跳舞极出色。年纪极轻的叫龙莹秀，脸白白的，眉毛又细又长，长得秀气而健康，一双手大大的，证明从不脱离生产劳动。初来时还有些羞，老把一双手插在绣花围腰裙的里边。不拘说话或唱歌，总是天真无邪地笑着。像是一树映山红，在细雨阳光下开放。在她面前，世界一切都是美好的，值得含笑相对，不拘唱什么，总是出口成章。偶然押韵错了字，不合规矩，给老师傅或同伴指点纠正时，她自己就快乐得大笑，声音清脆又透明，如同大小几个银铃子一齐摇着，又像是个琉璃盘装满翠玉珠子滚动不止。事实上我这种比拟形容是十分拙劣很不相称的。因为任何一种比方，都难于形容充满青春生命健康愉快的歌声和笑！只有好音乐有时还能勉强保留一个相似的印象，可是我却既不会写诗又不会作曲！

这时，我回想起四十多年前作小孩时，在家乡山坡间听来的几首本地山歌，那歌是：

天上起云云起花，包谷林里种豆荚，豆荚缠坏包谷树，娇妹缠坏后生家。

娇家门前一重坡，别人走少郎走多，铁打草鞋穿烂了，不是为你为哪个？

当时我也还像个看牛娃儿，只跟着砍柴拾菌子的听他们信口唱下去。知道是青年小伙子逗那些上山割草砍柴拾菌子的年青苗族姑娘“老弥”“代帕”唱的，可并不懂得其中深意。可是那些胸脯高眉毛长眼睛光亮的年青女人，经过了四十多年，我却还记忆得十分清楚。现在才明白产生这种好山歌实有原因。如没有一种适当的对象和特殊环境作为土壤，这些好歌不会生长，这些歌也不会那么素朴、真挚而美妙感人。这些歌是苗汉杂居区汉族牧童口中唱出的，比起许多优秀苗歌来，还应当说是次等的次等。

苗族男女的歌声中反映的情感内容，在语言转译上受了一定限制，因之不容易传达过来。但是他们另外一种艺术上的天赋，反映到和生活密切关联的编织刺绣，却不待解释比较容易欣赏理解。这里介绍的挑花绣，是自治州所属凤凰县收集来的，地名凤凰县，凤穿牡丹的主题图案，在这个地区保存得也就格外多而好。图案组织得活泼、生动而又充满了一种创造性的大胆和天真，显然和山歌一样，是共同从一个古老传统人民艺术的土壤里发育长成的。这些花样虽完成于十九世纪，却和二千多年前楚文化中反映到彩绘漆器上和青铜镜子的主题图案一脉相通。同样有青春生命的希望和欢乐情感在飞跃，在旋舞，并且充满一种明确而强烈的韵律节奏感。可见，它的产生存在都不是偶然的，实源远流长而永远新鲜，是祖国人民共同文化遗产一部分，不仅在过去丰富了当地劳动人民生活的内容，在未来，还必然会和年青生命结合，作出各种不同的有光辉的新发展。为的是人民已自己当家作主，凡是美好的事物，优秀的天赋，必然都会受到重视，并且得到合理的发展。

欸乃一声山水绿

故人尚隔湘江水

沪溪·浦市·箱子岩

由沅陵沿沅水上行，一在四十时到湘西产煤矿炭著名地方辰溪县。应当经过泸溪县，计程六十里，为当日由沅陵出发上行船一个站头，且同时是洞河（泸溪）各沅水合流处。再上六十里，名叫浦市，属泸溪县管辖，一个全盛时代业已过去四十年的水码头。再上二十里到辰溪县，却辰溪入沅水处。由沅陵到辰溪的公路，多在山中盘旋，不经泸溪，不经浦市。

在许多游记上，多载及沅水流域的中段，沿河断崖绝壁古穴居人住处的遗迹，赭红木屋或仓库，说来异常动人。倘若旅行者为这东西值得一看，就应当坐小船去。这个断崖同沅水流域许多滨河悬崖一样，都是石灰岩作成的。这个特别著名的悬崖，是在泸溪浦市之间，名叫箱子岩。那种赭色木柜一般方形木器，现今还有三五具好好搁在崭削岩石半空石缝石罅间。这是真的原人住居遗迹，还是古代蛮人寄存骨殖的木柜，不得而知。对于它产生存的意义，应当还有些较古的记载或传说，年代久，便遗失了。

下面称引的几段文字，是从我数年前一本游记上摘下的：

【泸溪】泸溪县城四面是山，河水在山峡中流去。县城位置在洞河与沅水汇流处，小河泊船贴近城边，大河泊船去城约三分之一里。（洞河通称小河，沅水通称大河。）洞河来源远在苗乡，河口长年停泊五十只左右小小黑色洞河船。弄船者有短小精悍的花帕苗，头包花帕，腰围裙子。有白面秀气的所里人，说话时温文尔雅，一张口又善于唱歌。洞河既水急山高，河身转折极多，上行船到此，已不适宜于借风使帆，凡入洞河的船只，到了此地，便把风帆约成一束，作上个特别记号，寄存于城中店铺里去，等待载货下行时，再来取用。由辰州开行的沅水商船，六十里为一大站，停靠泸溪为必然的事。浦市下行船若预定当天赶不到辰州，也多在此过夜。然而上下两个大码头把生意全已抢去，每天虽有若干船只到此停泊，小城中商业却清淡异常。沿大河一方面，一个青石码头也没有，船只停靠皆得在泥滩头与泥堤下。

到落雨天，冒着小雨，从烂泥里走进县城街上去。大街头江西人经营的布铺，铺柜中坐了白发皤然老妇人，庄严沉默如一尊古佛。大老板无事可作，只腆着肚皮，叉着两手，把脚拉开成为八字，站在门限边对街上檐溜出神。窄巷里石板砌成的行人道上，小孩子扛了大而朴质的雨伞，响着很寂寞的钉鞋声。若天气晴明，石头城恰当日落一方，雉堞与城楼都为夕阳落处的黄天衬出明朗朗朗的轮廓。每一个山头都镀上一片金，满河是橹歌浮动。就是这么一个小城中，却出了一个写《日本不足惧》的龚德柏先生。

【浦市】这是一个经过昔日的繁荣而衰败了的码头。三十年前是这个地方繁荣的顶点，原因之一是每三个月下省请领凤凰厅镇筸和辰沅永靖兵备道守兵那十四万两饷银，省中船只多到此为止，再由旱路驿站将银子运去。请饷官和押运兵在当时是个阔差事，有钱花，会花钱。那时节沿河长街的油坊尚常有三两千新油篓晒在太阳下。沿河七个用青石做成的码头，有一半常停泊了结实高大的四橹五舱运油船。此外船只多从下游运来淮盐、布匹、花纱，以及川黔所需的洋广杂货。川黔边境由旱路来的朱砂、水银、苎麻、五棓子、生熟药材，也莫不在此交货转载。木材浮江而下时，常常半个河面都是那种木筏。本地市面则出炮仗，出纸张，出肥人，出肥猪。河面既异常宽平，码头又干净整齐。街市尽头为一长潭，河上游是一小滩，每当黄昏薄暮，落日沉入大地，天上暮云被落日余晖所烘炙剩余一片深紫时，大帮货船从上而下，摇船人泊船近岸以前，在充满了薄雾的河面，浮荡在黄昏景色中的催橹歌声，正是一种如何壮丽稀有充满欢欣热情的歌声！

辛亥以后，新编军队经常年前调动，部分省中协饷也改由各县厘余措调。短时期代替而兴的烟土过境，也大部分改由南路广西出口。一切消费馆店都日渐萎缩，只余了部分原料性商品船只过往。这么一大笔金融活动停止了来源，本市消费性营业即受了打击，缩小了范围，随同影响到了一系列小铺户。

如今一切都成过去了，沿河各码头已破烂不堪。小船泊定的一个码头，一共十二只船。除了一只船载运了方柱形毛铁，一只船载辰溪烟煤，正在那里发签起货外，其他船只似乎已停泊了多日，无货可载，都显得十分寂寞，紧紧地挤一处。有几只船还在小桅上或竹篙上悬了一个用竹缆编成的圆圈，作为“此船出卖”等待换主的标志。

【箱子岩】那天正是五月十五，乡下人过大端阳节。箱子岩洞窟中最美丽的三只龙船，全被乡下人拖出浮在水面上。船只狭而长，船舷描绘有朱红线条，全船坐满了青年桡手，头腰各缠红布。鼓声起处，船便如一支没羽箭，在平静无波的长潭中来去如飞。河身大约一里宽，两岸都有人看船，大声呐喊助兴。且有好事者从后山爬到悬岩顶上去，把“铺地锦”百子边炮从高岩上抛下，尽边炮在半空中爆裂，形成一团团五彩碎纸云尘。彭彭彭彭的边炮声与水窗船中锣鼓声相应和，引起人对于历史发生一种幻想，一点感慨。

两千年前那个楚国逐臣屈原，若本身不被放逐，疯疯癫癫来到这种充满了奇异光彩的地方，目击身经这些惊心动魄的景物，两千年来的读书人，或许就没有福分读《九歌》那类文章，中国文学史也就不会如现在的样子了。在这一段长长岁月中，世界上多少民族都已堕落了，衰老了，灭亡了。即如号称东亚大国的一片土地，也已经有过多少次被来自沙漠中的蛮族，骑了膘壮的马匹，手持强弓硬弩，长枪大戟，到处践踏蹂躏！然而这地方的一切，虽在历史中也照样发生不断的杀戮、争夺，以及一到改朝换代时，派人民担负种种不幸命运，死的因此死去，活的被逼迫留发，剪发，在生活上受种种限制与支配，然而细细一想，这些人根本上又似乎与历史进展毫无关系。从他们应付生存的方法与排泄感情的娱乐方式看来，竟好像今古相同，不分彼此。

日头落尽云影无光时，两岸渐渐消失在温柔暮色里。两岸看船人呼喝声越来越少。河面被一片紫雾笼罩，除了从锣鼓声中尚能辨别那些龙船方向，此外已别无所见。然而岩壁缺口处却人声嘈杂，且闻有小孩子哭声，有妇女尖锐叫唤声，综合给人一种悠然不尽的感觉。……

过了许久，那种锣鼓声尚在河面飘着，表示一班人还不愿意离开小船，回转家中。待到把晚饭吃过，爬出舱外一看，呀，好一轮圆月！月光下石壁同河面，一切都镀了银，已经完全变换了一种调子。岩壁缺口处水码头边，正有人用废竹缆或油柴燃着火燎，火光下只见许多穿白衣人的影子移动。那些人正把酒食搬移上船，预备分派给龙船上人。原来这些青年人划了一整天船，看船的已散尽了，划船的还不尽兴，三只船还得在月光下玩个上半夜。

提起这件事，使人重新感到人类文字语言的贫俭，那一派声音，那一种情调，真不是用文字语言可以形容尽致的。

这些人每到大端阳时节，都得下河玩一整天的龙船，平常日子却各个按照一种分定，很简单地把日子过下去。每日看过住船只摇橹扬帆来去，看落日同水鸟。

虽然也有人事上的小小得失，到恩怨纠纷成一团时，就陆续发生庆贺或仇杀。然而从整个说来，这些人生活却仿佛同“自然”已相互融合，很从容地各在那里尽其性命之理，与其他无生命物质一样，惟在日月升降寒暑交替中放射，分解。而且在这种过程中，人是如何渺小的东西，这些人比起世界上任何哲人，也似乎还更知道的多一点。

这些不辜负自然的人，与自然妥协，对历史毫无担负，活在这无人知道的地方。另外尚有一批人，与自然毫不妥协，想出种种方法来支配自然，违反自然的习惯，同样也那么尽寒暑交替，看日月升降。然而后者却在改变历史，创造历史。一份新的日月，行将消灭旧的一切。我们要用一种什么方法，就可以使这些人心中感觉一种“惶恐”，且放弃对自然和平的态度，重新来一股劲儿，用划龙船的精神活下去？这些人在娱乐上的狂热，就证明这种狂热使他们还配在世界上占据一片土地，活得更愉快更长久一些。但有谁来改造这些人的狂热到一件新的竞争方面去？（引自《湘行散记》）

这希望于浦市人本身是毫无结论的。

浦市镇的肥人和肥猪，即因时代变迁，已经差不多“失传”，问当地人也不大明白了。保持它的名称，使沅水流域的人民还知道有个“浦市”地方，全靠边炮[1]和戏子。沅水流域的人遇事喜用边炮，婚丧事用它，开船上梁用它，迎送客人亲戚用它，卖猪买牛也用它。几乎无事不需要它。做边炮需要硝磺和纸张，浦市出好硝，又出竹纸。浦市的边炮很贱，很响，所以沅水流域边炮的供给，大多数就由浦市商店包办。浦市人欢喜戏，且懂戏。二八月农事起始或结束时，乡下人需要酬谢土地，同时也需要公众娱乐。因此常常有头行人出面倒敛钱集份子，邀请大木傀儡戏班子来演戏。这种戏班子角色既整齐，行头又美好，以浦市地方的最著名。浦市镇河下游有三座塔，本地传说塔里有妖精住，传说实在太旧了，因为戏文中有水淹金山寺，然而正因为传说流行，所以这塔倒似乎很新。市镇对河有一个大庙，名江东寺。庙内古松树要五人连手方能抱住。老梅树有三丈高，开花时如一树绛雪，花落时藉地一寸厚。寺侧院竖立一座转轮藏，木头做的，高三四丈，上下用斗大铁轴相承。三五个人扶着有雕刻龙头的木把手用力转动它时，声音如龙鸣，凄厉而绵长，十分动人。据记载是仿龙声制作的，半夜里转动它时，十里外还可听得清清楚楚。本地传说天下共有三个半转轮藏，浦市占其一。庙宇还是唐朝黑武士尉迟敬德建造的。就建筑款式看来，是明朝的东西，清代重修过。本地人既长于木傀儡

1　即“鞭炮”。——编者注

戏，戏文中多黑花脸杀进红花脸杀出故事，尉迟敬德在戏文中既是一员骁将，因此附会到这个寺庙上去，也极自然。浦市码头既已衰败，三十年着红极一时的商家，迁移的迁移，破产的破产，那座大庙一再驻兵，近年来花树已全毁，庙宇也破成一堆瓦砾了。就只唱戏的高手，还有三五人，在沅水流域当行出名。傀儡戏大多数唱的是高腔，用唢呐伴和，在田野中唱来，情调相当悲壮。每到菜花黄庄稼熟时节，这些人便带了戏箱各处走去，在田野中小小土地庙前举行时，远近十里的妇女老幼，多换上新衣，年青女子戴上粗重银器，有些还自己扛了板凳，携带饭盒，跑来看戏，一面看戏一面吃东西。戏子中嗓子好，善于用手法使傀儡表情生动的，常得当地年青女子垂青。到冬十腊月，这些唱戏的又带上另外一份家业，赶到凤凰县城里去唱酬傩神的愿戏。这种酬神戏与普通情形完全不同，一切由苗巫作主体，各扮着乡下人，跟随苗籍巫师身后，在神前院落中演唱。或相互问答，或共同合唱一种古典的方式。戏多夜中在火燎下举行，唱到天明方止。参加的多义务取乐性质，照例不必需金钱报酬，只大吃大喝几顿了事，这家法事完了又转到另外一家去。一切方式令人想起《仲夏夜之梦》的乡戏场面，木匠、泥水匠、屠户、成衣人，无不参加。戏多就本地风光取材，诙谐与讽刺，多健康而快乐，有希腊《拟曲》趣味，不用弦索，不用唢呐，唯用小锣小鼓，尾声必需大家合唱，观众也可合唱。

尾声照例用“些”字，或“禾和些”字，借此可知《楚辞》中《招魂》末字的用处。戏唱到午夜后，天寒土冻，锣鼓凄清，小孩子多已就神坛前盹睡，神巫便令执事人重燃大蜡，添换供物，神巫也换穿朱红绣花缎袍，手拿铜剑锦拂，捶大鼓如雷鸣，吭声高唱，独舞娱神，兴奋观众。末后撤下供物酒食，大家吃喝。俟人人都恢复精神后，新戏重新上场。这些唱戏的到岁暮年末时，方带了所得猪羊肉（羊肉必取后腿，带上那个小小尾巴），大小米糍粑，以及快乐和疲劳，各自回家过年。

在浦市镇头上向西望，可以看见远山上一个白塔，尖尖地向透蓝天空矗着。白塔属辰溪县的风水，位置在辰溪县下边一点。塔在河边山上，河名“斤丝潭”，打鱼人传说要放一斤生丝方能到底。斤丝潭一面是一列悬崖，五色斑驳，如锦如绣。崖下常停泊百十只小渔船，每只船上照例蓄养五七只黑色鱼鹰。这水鸟无事可作时，常蹲在船舷船顶上扇翅膀，或沉默无声打瞌盹。盈千累百一齐在平潭中下水捕鱼时，堪称一种奇观，可见出人类与另一种生物合作，在自然中竞争生存的方式，虽处处必需争斗，却又处处见出谐和。箱子岩也是一列五色斑驳的石壁，长约三四里，同属石灰岩性质。石壁临江一面崭削如割切。河水深而碧，出大鱼，因此渔船也多。岩下多洞穴，可收藏当地人五月节用的狭长龙船。岩壁缺口处有人家，如为造物者增加画意，似经心似不经心点缀上这么大小房子。最引人注意处还是那半空中石壁罅穴处悬空的赭色巨大木柜。上不沾天，下不及泉，传说中古代穴居者的遗迹。端阳竞渡时水面的壮观，平常人不容易得到这种眼福，就不易想象它的动人光景。遇晴明天气，白日西落，天上薄云由银红转成灰紫。停泊崖下的小渔船，烧湿柴煮饭，炊烟受湿，平贴水面，如平摊一块白幕。绿头水凫三只五只，排阵掠水飞去，消失在微茫烟波里，一切光景静美而略带忧郁。随意割切一段勾勒纸上，就可成一绝好宋人画本。满眼是诗，一种纯粹的诗。生命另一形式的表现，即人与自然契合，彼此不分的表现，在这里可以和感官接触。一个人若沉得住气，在这种情境里，会觉得自己即或不能将全人格融化，至少乐于暂时忘了一切浮世的营扰。现实并不使人沉醉，倒令人深思。如何精心设意，用红石粉涂染木材，搭架到悬崖高空上情景。且想起两千年前的屈原，忠直而不见信，被放逐后驾一叶小舟飘流江上，无望无助的情景。更容易关心到这地方人将来的命运，虽生活与自然相契，若不想法改造，却将不免与自然同一命运，被另一种强悍有训练的外来者征服制驭，终于衰亡消灭。说起它时使人痛苦，因为明白人类在某种方式下生存，受时代陶冶，会发生一种无可奈何的痛苦。悲悯心与责任心必同时油然而生，转觉隐遁之可羞，振作之必要。目睹山川美秀如此，“爱”与“不忍”会使人不敢堕落，不能堕落。因此一个深心的旅行者，不妨放下坐车的便利，由沅陵乘小船沿沅水人行，用两天到达辰溪。所费的时间虽多一点，耳目所得也必然多一点。